山口敏太郎の
千葉の怖い話

山口敏太郎

山口敏太郎の千葉の怖い話　目次

一　天狗と会った男……006
二　肉まん幽霊……011
三　屋根を歩く人……019
四　玉の中……022
五　首吊りおばさん……025
六　数珠つなぎ……030
七　船橋のさわりのある鳥居……034
八　内線電話……038
九　私も行きたかった……041
十　花嫁の輪……044

十一 気にしない……046
十二 一人ぼっち……049
十三 寝ながら会話する男……056
十四 キツネ目の女……060
十五 青いドレス……064
十六 ターミナルの幽霊……068
十七 お墓を移転しました……072
十八 マジシャン……075
十九 アパートの隣人……079
二十 動物の魂……092
二十一 走り去った少女……094
二十二 群れる人々……097
二十三 電気がビリビリ……101
二十四 異常あり！……103

二十五　トラブルの理由……106
二十六　不謹慎な友人……108
二十七　ダルマ神社異聞、遭遇……111
二十八　ダルマと学生狩り……113
二十九　怪異を聴くと怪異を召喚する……116
三十　ダルマ神社コーディネーター……118
三十一　ダルマ神社、死の痕跡……122
三十二　首なし塚……125
三十三　引きずり女……130
三十四　高根公団のシャドーマン、シャドーキャット……135
三十五　亡魂削《ぼうこんざく》と軍馬の揺れ……139
三十六　ずぶ濡れの女の子……143
三十七　半裸の美女幽霊……148
三十八　催眠と宇宙人……151

三十九　宇宙人が呼んでいる……156
四十　呼塚のシースルー幽霊……159
四十一　幽霊を脅かす……161
四十二　化け物になってしまった……163
四十三　紫のバス……167
四十四　かっぱＶＳ妖怪大戦争……172

一　天狗と会った男

Tさんはラジオの製作会社に勤めている。彼と初めて会ったのは数年前のラジオ番組の収録の時だった。某大手企業がスポンサーを務める某FM番組に出た筆者は、出演を終えた後、親しい放送作家と雑談に興じていた。すると、その放送作家が奇妙な話をはじめた。

「山口さんが来たら言おうかなと思っていたんだけど、うちのスタッフに天狗に会ったって言う奴がいるんですよ」

「えっ、天狗ですって?」

筆者は動揺した。過去に兵庫の宝塚市に在住する学生から、祖父が鞍馬山で天狗に会ったという話を聞いたが、体験者本人から直接天狗との遭遇談を聞く事はなかったからだ。

「その話、聞きたいなぁ、ぜひ一席設けてくださいよ」

こうして筆者は、放送作家とスタッフ数名で食事会を行った。やや遅れてやってきた三十代の男性スタッフ・Tさんは、巨大な包みを抱えていた。どうやら奥さんと一緒に自宅から運んできたものらしい。

「どうしても山口さんに見てもらいたい絵があるんです」

興奮気味に包みの中から大きな絵を取り出した。そこには緻密に描き込まれたカラス天狗のような者の姿が描かれていた。

「ぼっ、僕が見た天狗を描いたものです！」

彼は小学生の時、千葉市の自宅において天狗と遭遇したそうだ。大晦日の夜に家族でテレビを見ていると、玄関でチャイムが鳴った。

ピンポーン。

（あっ、お客さんだ。お年玉がもらえるかもしれない）

Tさんと妹はお年玉を目当てにして、玄関に向かってスタートダッシュをした。

「こんばんは」

勢いよく挨拶をしたものの、大晦日にきた客は何も言わないで玄関に仁王立ちしている。しばし流れる重たい沈黙。薄暗い中で無言のまま立ち尽くす黒づくめの客。その客の背中からは複数の手が生えていた。そのうえ、口にはくちばしがついており、まるでカラスのような顔をしていた。Tさんと妹はその客を凝視した。

「……………」

薄暗い大晦日の玄関に悠然と浮かび上がるカラス天狗の姿。夢なのか現実なのかわからない体験により、Tさんと妹はぼう然と立ち尽くした。その後の記憶は無い。

以来、Tさんはものすごく天狗に執着するようになった。全国各地の天狗の伝承が伝わる場所を訪ね、インドには天狗のモデルとされるカルラ神が祀られた寺院を訪ねていった。

「山口さん、僕はあの後どうなったのか、とても気になるのですよ」

彼の問いに対して、筆者はすかさず回答した。

「それだったら、ヒプノセラピー（催眠療法）を受けて退行催眠を体験したらどうですか？」

「ヒプノセラピーですか？」

後日、筆者は友人が経営するヒプノセラピールームを紹介した。

この出来事から数年が経った。

「電気グルーヴ」のピエール瀧さんが出演しているラジオ番組から出演オファーが来た。

船橋の筆者の事務所までインタビュー班が来てくれたのだが、その時のスタッフがTさんであった。

「お久しぶりです。あの後、敏太郎先生が勧めてくれたヒプノセラピールームまで行ったんですよ」

「そうだったんだ。それで何かわかったかい？」

Tさんの話によると、ヒプノセラピーによって天狗に会った時の記憶まで遡《さかのぼ》ってみたが、その瞬間、なぜか意識が過去世に飛ばされてしまった。過去世には、卑弥呼のような宗教的指導者の女性に仕えるTさんがいた。ある時、日食が起こり、日本中が大混乱になった。太陽に重なった天空の月は、背後から無数に手が生えた黒いカラス天狗のように見えた。

「俺が出会ったカラス天狗は、この時の太陽なのかもしれない」

Tさんはそう思った。

「あの退行催眠の後、急に天狗への興味が失われました。あれほどこだわっていた天狗への想いが全くなくなってしまったのです」

Tさんは、カラカラと笑いながら事の顛末《てんまつ》を語った。

二　肉まん幽霊

これは筆者のかみさんが実際に体験した不思議な話である。

筆者は以前勤めていた会社を退職し、専業作家として事務所を立ち上げた際、経営が軌道に乗るまでは住んでいた自宅を賃貸に出して、自分たちは事務所に住んでいた時期があった。不動産業者を介して他人に新築したばかりの自宅を貸していたのだが、最初に貸した二人の人物はかなり怪しかった。その二人は五十代の男性と三十代の女性のカップルであった。表向きは夫婦と名乗っていたが、本当かどうかわからなかった。そして、家を貸してから十ヵ月ほど経った頃から奇妙なことが起こり始めた。

「間《はざま》さん（「はざま」と言うのは筆者の本名）の家を借りている夫婦の奥さんが、片目の男と逃げちゃったよ」

筆者の自宅の横に住んでいた南米系の奥さんから、筆者のかみさんに電話が入った。どうやら、家を借りている夫婦の奥さんが、片目が不自由な男性と夜逃げをしたらしい。

「片目の男？　まるで江戸川乱歩の小説みたいだな」

その話をかみさんから聞いた時、筆者は何とも言えない不思議な気分になった。


その後、不動産業者から連絡があった。

「間さんの家を借りている人、しばらく家賃を払っていないんですよ」奥さんに逃げられた五十代のご主人は生活に困窮《こんきゅう》しており、家賃の支払いをしばらく待ってくれと不動産業者に泣きついたらしい。

「ああ、しばらくの間ならいいですよ」

筆者はそう答えた。


だが、この判断は間違いであった。半年ほど経ったある日、その五十代のご主人は忽然《こつぜん》と姿を消してしまったのだ。

不動産業者から知らせを受けて、筆者とかみさんは貸していた自宅に駆けつけた。玄関から入り家の中を見て愕然《がくぜん》としてしまった。

「なんだ、これは……？」

家の中にはゴミが散乱し、室内のドアのノブがへし折れ、壁紙はずたずたに引き裂かれていた。隣の南米系の奥さんに話を聞くと、ご主人が一人となり、食事といえば近所の和菓子屋で販売している肉まんであったという。

「毎日毎日、フラフラの状態で肉まんを買いに行ってたよ」

奥さんはそう話した。どうやらご主人は、毎日昼過ぎまで寝ており、ヨタヨタと二階から降りてきては、近所の和菓子屋に肉まんを買いに行くのが日課だったようだ。奥さんに逃げられ、体を壊した五十代の男は哀れである。家賃を滞納し続け、どうしようもなくなったご主人は、ある日突然姿をくらましたのだ。

結局、滞納された家賃を支払ってもらうことはかなわなかったが、家賃を保障する保険に入っていたため、数カ月後、全額ではないものの代替えのお金をいただくことができた。しかし、へし折られたドアノブやズタズタに引き裂かれた壁紙の張り替え、家全体のクリーニング費用は自腹で支払うことになり、百万円近い出費がかかってしまった。奇妙なことだが、その後、筆者の自宅を借りた円満そうだった夫婦もなぜか離婚してしまった。二人の子供に恵まれ、あれほど仲が良かった夫婦なのに、理由はわからなかった。

「あの、ご夫婦別れちゃったらしいよ。シングルマザーになるけど賃貸契約を継続してほしい、って不動産屋さんから連絡あったよ」

かみさんからこの話を聞いて、筆者は何とも言えない不安な気持ちになった。奥さんに逃げられた五十代のご主人の負のオーラが、次に入居した夫婦に降りかかったのであろうか。

「まずいね。このままだと、うちの家が呪われた物件になってしまう」

筆者は冗談っぽく笑ったが、かみさんは何とも言えない表情を浮かべていた。


それから数年が経って、「株式会社山口敏太郎タートルカンパニー」の経営も軌道に乗り、ようやく念願のマイホームに帰る日が来た。一通り荷物を運び終わって一服しているときに、愛犬の「きなこ」が階段に向かってけたたましく吠えた。

「だめだよ。きなこ。誰もいないよ。吠えちゃいけないよ」

しかし、たけり狂ったように、きなこは吠えることをやめない。まるで階段にいる何かを威嚇しているようだ。当時のきなこはシーズー犬の○歳の女の子で、温厚な性格であった。犬が好きな方ならば、シーズー犬が無駄吠えをしない犬種だという事は知っているだろう。それが、まるで誰かを威嚇するように階段に向かって吠えている。

「まさかな……」

筆者は誰もいない階段を見つめながら、得体の知れない不安と戦っていた。きなこの奇妙な行動は、その後も続いた。かみさんがきなこと先輩犬の「ラン」を散歩に連れて行こうとすると、きなこは階段の下まで走って、誰かを散歩に誘うような仕草をするのだ。

「誰もいないよ。早く散歩に行こう」

かみさんがそう呼びかけても、きなこはひたすら階段の下にいる見えない存在に何かをアピールしている。

「いいかげんにしなさい。きなこ」

そういうと、きなこは残念そうな顔で玄関まで戻ってくるのだ。きなこの奇妙な行動は毎日のように続いた。

それからも不可解な出来事が起こった。夜中にトイレに行くために二階の寝室を出て階段を降りていると、背後から誰かの息遣いを感じた。

すぅ〜はぁ〜、すぅ〜はぁ〜、すぅ〜はぁ〜

加齢臭のこもったような湿った息の匂いがした。ぺちゃ、ぺちゃ、ぺちゃと裸足で階段を降りる音も聞こえた。

（誰かが自分の後ろを歩いている！）

筆者がゆっくりと振り返るが、薄ぼんやりした真夜中の闇に浮かぶ誰もいない階段がそこにあるのみであった。

それから、かみさんの身にも奇妙なことが起こった。毎日毎日肉まんが食べたくなるようなのだ。今まで、そこまで肉まんにはこだわってはいなかった。しかし、この家に戻ってから、毎日肉まんのことが頭から離れないという。

「大阪出張の帰り、『551蓬莱』の豚まんを買ってきてね」

筆者がテレビ収録のため大阪に行くたびに、かみさんはお土産として肉まんをねだった。また、関東各地の肉まんの美味しい店を訪ねては、様々な種類の肉まんを買い漁った。毎日毎日肉まんが食卓に上った。

（これは、かなり異常な状態だな）

筆者はそう思って、知り合いの山伏に家祓いをやってもらうことにした。家祓いとは、その物件にたまった霊やマイナスの情念を浄化する儀式である。我が家に入るなり、その山伏はこう言った。

「繰り返し、繰り返し、階段から降りて来るモノがいます」

しばし、固まる筆者とかみさん。まだ、きなこの話も肉まんを毎日買いに行っていた五十代のご主人の話もしていない。

「何か感じますか?」

筆者の問いに山伏がゆっくりとうなずいた。

「何か、同じ行動を繰り返している悲しい存在を感じます」

その日、家祓いを施してもらい、山伏は帰っていった。すると不思議なことに、突如沸き起こったかみさんの肉まんブームが終息し、きなこの階段下での奇妙な遊びも終わりを迎えた。

(これで、あのご主人の想いも消えたのだろうか?)

そう思いながらも、筆者は五十代のご主人に同情をしてしまう。今もどこかで生きているのか。人知れず何処かで亡くなっているのか。そんなことを考えると何とも言えないわびしい気持ちになってしまった。人の想いと言うのは、そういうものである。

三　屋根を歩く人

山口敏太郎事務所では、妖怪や幽霊、宇宙人、都市伝説など不思議な現象を扱っているためだろうか。不可解な現象が頻繁《ひんぱん》に起きる。言い換えれば、事務所の日常生活に不思議な現象が時々紛れ込むといった感じであろうか。これは二〇十六年にあった出来事だが、筆者と社員がはっきりと確認している。その日は小雨の降る薄暗い昼間だったと記憶している。社員のSと筆者は事務作業に励んでいた。沈黙が数時間続いた時だった。

ミシリ、ミシリ、妙な音が聞こえた。

（んっ⁉）

思わず筆者は周囲を見渡した。Sはひたすらパソコンのキーボードを叩いている。経理担当の社員は別の建物にいる。かみさんは外回りの営業だ。もう一人の社員は、今日は休みを取っている。

（誰かが歩いている）

編集部は二階にあり、一階は書庫になっている。どこから足音が聞こえるのであろうか。どうも屋根の方から聞こえる。ミシリ、ミシリ、ミシリ――――また聞こえた。やはり屋根の上から足音が聞こえるのか。猫が屋根の上を歩いているのか？　いや、明らかに二足歩行が奏でる音だ。ものすごく体重が重いような感じがする。一歩一歩がずしりと重いのだ。

「屋根の上を誰かが歩いているのか？」

筆者は思わずつぶやいた。するとSがこんな返事をした。

「ええ、よくあります」

なんと、時々屋根の上を人が歩くことがあると言うのだ。筆者は事務所にいないことが多く、屋根の上の足音を聞いたのはこの日が初めてであったが、Sにとっては格別珍しいことではないようだ。

「一人でいる時とか、夜残業しているときに足音が聞こえたら怖くないの？」

すると、Sはすました顔をしてこう言った。

「何かをされる事は無いので、怖くありません」

確かにそれはそうだが、明らかに聞こえてくる足音が気になって仕方がない。

ミシリ、ミシリ、ミシリ

また、足音が聞こえた。筆者はステッキを使って天井の足音が聞こえたあたりをつついてみた。何の反応もない。数日後、知り合いの霊能者にお祓いをしてもらった。すると、たびたび聞こえていた足音は聞こえなくなった。事務所の屋根の上は、一時期霊道にでもなっていたのであろうか？

ミシリ、ミシリ、ミシリ、屋根から足音が聞こえたら要注意だ。

四　玉の中

Rさんは、江戸川区で生まれ育った女性だ。企業を経営する父と専業主婦の母に育てられていたが、夫婦の間にはやがて隙間風が吹き始め、離婚に至ってしまった。

「お前は、ここで暮らせよ」

父親の実家は房総半島に位置する、ある町にあった。そこでは祖母が一人で暮らしていた。まだ幼いRさんは祖母と二人で暮らすようになった。

「ばあちゃん、あたしここにいてもいいの？」

Rさんは毎日祖母に聞いた。そのたびに祖母はやさしく笑って静かにうなずいた。

「いいんだよ。いいんだよ。ずっとばあちゃんのところにいなさい」

ちなみに、都内でベンチャー企業を経営する父親はたまにしか実家に帰ってこなかった。

離婚した母親とは完全に縁が切れた。

「散歩に行こうかね」

夕方になると、祖母と一緒に田舎道を毎日のように散歩した。

夕暮れ時の房総半島は何とも言えない雰囲気があった。昼間と夜がせめぎあう夕暮れ時、夕日を見ながら祖母と一緒にとぼとぼと田舎道を歩いた。鼻歌を歌いながら祖母と歩くと、歩くたびに心の闇が夕暮れに溶けていくような気がした。

ある年の秋の夕暮れ、祖母の後を追いかけながらゆっくりと歩くRさんの目に不思議な物体が映り込んできた。直径一メートルほどの半透明の玉が三つばかり浮いている。

「あっ、あれはなんだろう?」

しばし、時間と空間が停止したような気分になった。虫の音が鳴り響いていたにもかかわらず、一瞬にして周りの音が聞こえなくなった。半透明の丸い玉は、風に流されることもなく、ふわふわと空中を漂っている。目を凝らしてみると、玉の中には子供が裸で丸くなって入っていた。他の玉にも老人や女性が裸になって丸まって入っている。玉の中に入っている人たちは、気持ちよさそうに眠っている。

「ばあちゃん、あれは何？」

ポツリと呟いたRさん。ゆっくりと歩みを止めた祖母は彼女の方を振り返ると、何とも言えない表情を浮かべてこういった。

「魂《たま》だよ。この時期はたまに飛ぶね」

そう一言だけ言うと、祖母は再び何事もなかったかのように歩き始めた。二人の上空をふわふわと少しずつ移動していく三つの玉。Rさんはその魂を見ながら再び祖母に聞いた。

「ばあちゃん、あの玉はどこへ行くの？」

そう聞かれた祖母は今度は振り返りもせず、ゆっくりと歩きながらこう答えた。

「銚子の浜に飛んでいくのさ」

ふわふわと浮かんだ三つの玉は、いつしか山を越えて遠くに消えていってしまった。

五　首吊りおばさん

Kさんは、船橋在住の十代の女性である。性格は天真爛漫で人を疑うようなことはしない。それが彼女の欠点でもあり良いところでもある。子供の頃からその素直な性格は変わらず、まっすぐ成長してきたタイプの女性だ。

彼女は幼い頃から、半透明の人が見えていた。物心ついた時から、人間には体を持っている人と、体を持たず消えたり現れたりする半透明の人の二種類がいると思い込んでいた。その体を持たない人が普通の人には見えないということに気がついたのは、小学校に入ってからだ。

「あそこに人がいるよ」

そう言っても友達は首をひねるばかりで、見ることができない。

（自分にだけ見えている人間がいる）

そう気づいてからは、あまり他人に半透明の人のことに関しては語らなくなった。とにかく見えない人は、やたらに半透明の人のことを怖がるからだ。

子供の頃、やたらと見かける半透明の人がいた。

「こんにちは、また遊びに来たよ」

両親が留守になると、リビングの横にある大きな窓から、四十代ぐらいの女性が体をクネクネとさせながら滑り込んできた。

「おばさん、だーれ？」

そのおばさんは、口元だけでニヤニヤと笑いながら低い声でこういった。

「湿気のある場所からやってきたんだよ」

そういうと勝手にリビングでくつろぎはじめた。家の中の仕組みをあらかじめ知っているかのように、おばさんはKさんの自宅を我が家のように使った。

「おばさん、なんで家に来るの？　お父さんお母さんの友達？」

留守番を頼まれていたKさんは、いろいろな質問をその女性にぶつけたが、

「湿気のある場所から来たんだよ」

と、同じような返事しかしない。気味が悪かったが、おばさんは夕方になると入ってきた窓から、体をクネクネと揺らして出て行った。それからと言うもの、Kさんが留守番しているときに限って、おばさんはくねくねと体を揺らしてやってきた。

ある日おばさんは、部屋にあったロープを指差してこういった。

「このロープで首をくくって高いところからぶら下がると、お父さんお母さんが喜ぶよ。ひゃひゃひゃひゃひゃ」

おばさんはそう言って低い声で笑った。まだ幼かった彼女はロープで首をくくる意味がわからなかった。だが不吉な予感がして、その日は断った。

帰ってきた両親に、この「湿気のある場所から来たおばさん」について話した。その話を聞いて両親は愕然とした。

「今度そのおばさんが来ても、言うことを聞いてはいけないよ」

母親はKさんにきつく言い聞かせた。その次の日、また彼女が一人で留守番をしていると窓からおばさんが身をよじらせて、くねくねとしながら室内に侵入してきた。

「首をくくる決心はついたかい？　首を吊ると気持ちがいいよ」

おばさんは表情ひとつ変えずに低い声で再びささやいた。

「おばさん、自分で首をくったら？」

Kさんがこういうと、おばさんは怯えたような表情になり、体をブルブル震わせると低いため息をつきながら消えていった。以来、首吊りおばさんの姿は見ていないという。

六　数珠つなぎ

房総の郊外で祖母と一緒に暮らしていたRさんは、その後祖母の家を出て独立して、現在は船橋市に住んでいる。

「今日は天気がいいから、川まで行ってみるか」

祖母と一緒に幼い頃から散歩を日課にしていた彼女は、大人になってからもコースを変えつつ、毎日のように散歩をした。

「この川沿いのコースが好きなんだよね」

Rさんは、船橋市内の某川沿いの道を毎日のように歩いた。川を見ていると心が晴れるような気がした。川には季節ごとに表情があった。

（春には春の顔、夏には夏の顔、いろんな顔が川にはある）

彼女は仕事が終わった後、川べりをひとりで歩いて季節の移り変わりを満喫した。

ある日の夕方、いつものように川沿いの道を歩いているとザブング、ザブング、ザブングと、聞き慣れない水音が聞こえてきた。まるで、強引に流れに逆らいながら水を掻き分けて何者かが進んでいくような音だ。思わず川の水面を見た彼女は信じられないものを目視してしまった。

（あの人は何をやっているんだろう？）

愕然として歩みを止めた彼女の目には、ざんばら髪で長く伸びた爪を水かきのように使い、川の水を掻き分けながら進む女がそこにいた。

（何をやっているんだ？　どこに行きたいの？）

女はものすごい勢いで水の流れに逆らいながら、川の中央部分で水を掻き分けながら、ひたすら前へ前へと進んでいく。

（あの女の人、この世の人じゃない！）

Rさんがそう気づいたとき、女は軽快に上空に向かって、ひょいと飛び跳ねた。

「ええっ⁉」

女は空中から伸びたロープのようなものにぶら下がった。見上げてみると、そのロープのようなものには数名のヒトガタをしたものがぶら下がっている。

（幽霊の数珠つなぎだ！）

そう思いながら見つめていると、数名の幽霊がぶら下がったロープのようなものはするすると上空に登っていった。そして、瞬く間に雲の彼方に消えていった。

「さようならお化けさん、天国に行けたね」

Rさんは一言そうつぶやいた。

七

船橋のさわりのある鳥居

筆者は神奈川大学経済学部を卒業後、大学生の間で人気企業だった日本通運株式会社に就職した。当時は人気企業ランキングで上位に入っていた会社だった。平成二年に入社した筆者には同期が数百人おり、俗に言うバブル入社であった。その当時たまたま両親が市川市に住んでいたため、地縁血縁がある地域に配属されるという日本通運の伝統に従って千葉支店に配属された。

千葉支店管内では船橋店の重機建設課に配属された。船橋支店に着任した同期だけでも七人いたと記憶している。その新入社員七人を駅まで迎えに来てくれた先輩社員がA氏であった。年の頃は四十歳前後、薄汚れた背広としょぼくれた風貌はお世辞にもエリートと言う言葉から程遠い窓際社員を連想させた。

「じゃあ、行こうか」

Aさんは我々新入社員たちを船橋支店まで案内した。その時様々な話をしたが、船橋支店に設置された稲荷の話にだけは嫌な顔をしていたのを思い出す。

「入り口の右側にある、あのお稲荷さんはなんですか？」

「あれはちょっとね」

Aさんは、その稲荷に関してはあまり喋りたくないような素振りを見せた。それからしばらくして、この稲荷が普通ではないことに気がつくことになる。

キーッ、ガタン！

車が衝突する音が聞こえた。船橋店の一階にある事務所の窓を開けると、車の往来がよく見える。道路では二台の車が衝突して止まっている。

「あー、また稲荷の後ろ側だ」

誰かがそう叫んだ。支店の全員が仕方ないかと言わんばかりの表情を浮かべている。二、三カ月に一回は事故が起こる。それも決まって稲荷の裏側である。側道が大きな道に合流するポイントであり、事故が起こりやすいのは仕方ないと言えるが、あまりにも多すぎる。不審に思った筆者は、数名のベテラン作業員の口から、その稲荷の由来を聞き出すことに成功した。この稲荷は日本通運船橋店が同地に完成する前から鎮座しており、言ってみれば土地神のような存在であった。そのためだろうか。船橋支店の社員たちは稲荷を腫れ物に触るように扱っていた。

昭和の頃、船橋支店の敷地内にキャノン用の倉庫を建設することになり、その場所にあった稲荷が邪魔だったので動かすことになった。怖くて誰も手をあげなかったが、一人の作業班長が稲荷を抱えると敷地の端っこまで、あっという間に移動してしまった。

「二十世紀に祟りなどあるまいて」

移動した作業班長はニコニコと笑っていた。しかし、その班長は急死してしまった。

「やっぱり、稲荷の祟りだったんだ」

人々はそう噂した。だが、祟りはまだ続いた。もともと稲荷があった場所にキャノン事業所という倉庫が建設された。確か施工は大手ゼネコンが請け負ったと聞いているが、その建設作業中に作業員が落下して死亡すると言う事件が起こってしまったのだ。しかも、落下したところに飛び出た鉄筋があり、それが頸部に刺さって頭部がもげた状態で遺体が発見されたのだ。

「やっぱり、動かしちゃいけなかったんだ？」

当時船橋支店で勤務していた社員たちは震え上がった。このような顚末をベテラン社員の口から聞いた筆者は、船橋支店時代は自分なりに最大限の敬意を払った。そのおかげだろうか、筆者は船橋支店から関東支店、本社と栄転を繰り返し順調なサラリーマン生活を送った。本社から千葉支店に帰ってきたとき、筆者はAさんの訃報に接した。まだ五十代の早すぎる死であった。

「まだ死ぬような歳じゃないでしょ」

筆者は後輩に詳しい事情を聞いてみた。

「それがどうも嫌な話があるんです」

後輩の話によると、Aさんは支店長の車を支店の駐車場内で移動している時、うっかり稲荷の鳥居に車をぶつけてしまったという。

「その直後、Aさんは突然死んでしまったのですよ」

Aさんは稲荷の怒りに触れてしまったのであろうか。しかし、思い返すも残念なのは、船橋駅まで迎えに来てくれたAさんにコーヒーをご馳走になっておきながら、お礼を言えなかったということである。

「Aさん、ごちそうさまでした」

八　内線電話

筆者が日本通運株式会社で働いていた時の同期にOくんと言う男がいる。ある年、Oくんは船橋支店管内の八千代営業支店に配属された。

「あんまり人がいないから大変だよ」

Oくんはそんなふうにぼやいていた。月末になるとその月の売り上げや支出を計算して月末〆という作業を行うのだが、現在のように社内にパソコンも導入されておらずメールもない時代である。月末〆の作業は過酷を極めた。Oくんが夜遅くまで月末〆の作業をしていると、必ず電話が鳴ったという。リンリンリーン。電話機を確認してみると、外線ではなく明らかに内線であった。

（あれ、おかしいなぁ。事務所は自分一人しか残ってないはずなのに、作業員が誰か残っているのかな?)

恐る恐る電話をとってみると、相手は何もしゃべらない。ツーツーツー。既に電話は切れていて、電話機はツーツーと音だけ発している。

(なんだこれ、変だな)

そんなふうに思っていると、十分ほどしてまたしても電話が鳴る。リンリンリーン。今度こそ誰かが居残りしていて電話をしてきたのかと思って受話器を取ると、またしても声が聞こえない。ツーツーと音だけが聞こえてくる。

(なんだよ。月末作業で忙しいのに)

Oくんがそんなふうに思っていると、また電話が鳴った。リンリンリーン。

彼はさすがに頭にきたらしく、事務所の二階にある作業員の更衣室に入っていった。この時間に人が隠れている可能性がある場所はここしかない。「この忙しい時に、いい加減にしてください! 誰か隠れて、いたずらをやってるんでしょう!」誰もいない更衣室で大声を上げるOくん。

……。

静まり返る更衣室。すべてのロッカーのドアを開けて中を確認した。しかし、誰も隠れてはいなかった。ふと更衣室の真ん中に置いてあるテーブルを見ると、電話機の受話器が外れていた。

（誰もいないのに、誰が受話器を外して内線ボタンを押したのか？）

Oくんは得体の知れない不安を感じた。数日後、彼は先輩から二階の更衣室で首をくくって自殺した先輩の話を聞いた。当時の関東の各支店を統括していた役員の息子さんが八千代営業所に勤務していたのだが、過酷な長時間労働と厳しい人間関係に悩み、自ら命を断った場所だったのだ。「あんまり残業しないで、早く家に帰れって先輩が心配して電話をかけてきてくれたのかもしれないね」Oくんは筆者に向かってそうつぶやいた。サービス残業が当たり前だった時代の話である。

九　私も行きたかった

山口敏太郎事務所では様々な人物のインタビュー取材を頻繁に行う。中にはとんでもない話をする人物も含まれているが、大抵の人は興味深い体験やオカルトの持論を展開してくれる。

当然、うちの事務所で働いている社員は、少なからずオカルト分野に興味を持っている人間が多い。オカルトにかかわっている有名人にインタビューする時、うちの社員は先を争って同行を希望する。「先生、○○さんのインタビューに私も同行していいですか？」「そんな大勢で行くわけにいかないよ。それより君は○○の仕事があるだろう」そんなやりとりが、日常的に繰り広げられていた。この書籍に記述された「屋根を歩く人」（P19）という体験談の中に出てくる社員のSは、バリバリのオカルトマニアであり、十八歳の頃から筆者のホームページにアクセスしており、そのまま筆者の事務所の社員になった人物である。

「〇〇さんのインタビュー、亀戸でやるのですよね。私も亀戸天神について行きたいなぁ」

そんなふうにSが言った。オカルトマニアという視点から同行したがっているのは明らかであった。連れて行ってやりたいが、事務所が留守になっても困る。筆者は心を鬼にしてこう言った。

「君は事務所の留守番をやってくれ」

そう言い残すと、筆者はHという他の社員を連れて車で亀戸天神まで向かった。昼間の時間帯だったので道路が空いており、四十分ほどで亀戸天神の駐車場に着いた。筆者が運転した車が駐車場に入ると、インタビュー相手の某文化人がぺこりと会釈をした。

「あー、お待たせしました。山口敏太郎です」

車から降りながら、筆者とHは作り笑顔を浮かべた。すると、インタビュー相手の文化人はキョロキョロしながらこんなことを聞いてきた。

「あれっ、お二人ですか?」

質問の意味がわからない。今度は筆者の方がおどおどしながら聞き返した。

「ええっ、社員のHと僕だけですが……」

するとその文化人は怯えたような顔になり、こんなふうに話を続けた。

「おかしいなぁ。さっき山口さんの車が駐車場に入ってきた時、後部座席に肩まで髪の毛が伸びたおかっぱ頭の女の人が乗っていたんですよ」

この話に筆者とHは愕然とした。運転席には筆者、Hは助手席に乗っていたからだ。

「おかしいですね。後部座席には誰も乗ってないはずですよ」

奇妙な空気のままインタビューは始まった。インタビューを終えて帰路についた時、筆者はHとこんな話をした。

「後部座席に乗っていた女って、Sの事じゃないか？」

すると、Hは無表情のまま答えた。

「肩までのおかっぱへアーって、彼女の事ですよね」

「つまり、生霊ってことかな」

車の中が静まり返った。そんなにインタビューについてきたかったのか、筆者はそう思いながら車を船橋市へと進めた。

十　花嫁の輪

これは、現在は青森に在住しているAさんが、以前千葉に住んでいた頃に会社の取引先のBさんから聞いた話だ。

「こんな話をしても、誰も信じてくれないんだけど」

Bさんは困ったような表情を浮かべながら、Aさんに話してくれたという。

「私は信じるわ」

霊感の強いAさんの力強い言葉に、Bさんは中学時代に体験した不思議な話を伝えてくれた。今から三十年ほど前、昭和末期の話だ。Bさんは千葉県四街道市に住んでいた。家族と一緒にごく普通の一戸建てに住んでいたのだが、その家で奇妙なことがあった。当時中学三年生であった彼女は、自分の部屋でこたつに入りながら猛勉強をしていた。

「受験まであまり時間がないわ。頑張らなきゃ」

眠い目をこすりながら必死に勉強していた。しかしながら、連日の受験勉強により蓄積した疲労はピークを迎え、こたつに入ったまま、うたた寝をしてしまった。何時間経っただろうか。一瞬妙な空気を感じてBさんは目を覚ました。

「んっ⁉」

自分の周りにたくさんの人がいた。五人から六人が立っている。狭い勉強部屋に、ぎっしりと白無垢を着て角隠しをかぶった女性たちが、無表情で悠然と立っているのだ。

(えっ、何なの？　この人たち⁉)

驚いている彼女をよそに、白無垢の花嫁たちはゆっくりと踊り始めた。歌声や音楽は全く鳴らない。無音の中、角隠しをかぶった若い女性たちが輪になって、しなり、しなりと踊り始めた。

(美しいなぁ)

見とれる彼女をとり囲むように、花嫁たちは踊り続けた。そして何周か回るとそのまま薄くなって、すーっと消えてしまった。Bさんが幽霊を見たのは後にも先にもその一回だけである。

十一　気にしない

現在は青森県八戸市に在住しているAさんは、かつては千葉県のある会社に勤めていた。その会社はデザインと印刷業務を請け負っており、以前は新京成線の某駅の近くに所在していた。当時はまだ長時間残業が問題となっていない時代だったため、毎晩のように誰が会社に居残りして残業をやっていた。今で言うならば「ブラック企業」といえるかもしれない会社だった。

そんな会社の中で、不気味な噂が流れるようになった。

「この会社、幽霊がいるよね？」

「やはりそうだね。絶対いるよね」

奇妙な現象が起こるのは、必ず誰かが一人で残業しているときに限られた。その会社は、駅から程近い集合住宅の一室を事務所にしていた。事務所内には二つの部屋があり、部屋同士は内線電話で結ばれていた。ある人が一人残って深夜まで残業をしていると内線電話が鳴った。リーン、リーン。隣の作業部屋には誰もいないはずである。深夜の事務所に鳴り響く電話の呼び出し音。

（誰が電話をかけているんだ？）

その人は怖くて電話には出られなかった。仕事も早々にその日は帰宅してしまった。またこんなこともあった。ある人が残業を終えて帰ろうとした時、

「べちゃべちゃ、ふふふふふ」

おしゃべりをする声が隣から聞こえてきた。

（あれっ、まだ誰か残っていたんだ）

そう思ったその人は、隣の部屋に向かって挨拶をした。

「おっ、お疲れ様で……」

言葉が止まった。隣の部屋には誰もいなかった。……。静まり返る無人の部屋。その人はいい知れぬ恐怖を感じて、転げるように会社の外へ飛び出した。

「社長。この事務所、幽霊が出ますよ」

「お祓いをしてくださいよ。社長」

社員たちは口々に、社長に幽霊の存在をアピールした。しかし、社長は全く気にせず、半笑いでうなずくだけである。

「んん、幽霊が出るんだね」

社長は全く幽霊の存在を信じてなかった。いや、存在は信じていたかもしれないが、会社にとって一番怖いことは倒産であって、幽霊のことまでは気が回らなかったのかもしれない。すると、一年ほど経つと心霊現象は発生しなくなった。

「『幽霊を信じない心』は、幽霊に打ち勝ってしまうのだよ」社長はにっこり笑ってそう言った。

十二　一人ぼっち

この話は、今から二十年ほど前の体験談である。

宮城県出身のSさんは、無類の心霊マニアであった。高校時代から宮城県内各地の心霊スポットや廃墟を数々探索した経験を持っている。Sさんは千葉県内に所在する大学に進学したのだが、大学生になっても心霊マニア熱は冷める気配がなかった。

「よし、今度は千葉のヤバいスポットを全部回ってやるぜ！」

そう決心したSさんは、同行の仲間たちと千葉県内の廃墟や心霊スポットを回ることにした。特に友人のAくんは、京都出身で高校時代は京都中の心霊スポットを回っていた、Sさんと同じ心霊マニアであった。ある日、大学の仲間四人と集まったSさんは、四街道市から仲間の一人が運転する車に乗って、深夜十二時から心霊探検に出かけた。最初、千葉県内では有名な心霊スポット・雄蛇ヶ池に行く予定であった。すると仲間の一人がこんなことを言い出した。

「でもさぁ、廃墟もいいよなぁ。廃墟の『活魚』って場所もあるよ」

「場所的にも離れてないよね。活魚に行ってから雄蛇ヶ池に行かないか？」

（活魚とは、「油井グランドホテル」という廃業した施設の跡地のことで、「活魚」と書かれた看板が備え付けられていることが通称の由来となっている）

こうして急遽行き先は、廃墟スポット・活魚に変わった。活魚は小さな森に囲まれた場所に建っていた。一行は森の外に車を止めて、トボトボと森の中を歩いて活魚に向かった。手には闇を照らすための懐中電灯を持っていた。異様なムードが森全体から漂ってくる。

仲間のうちの二人が急に怖じ気付いた。

「や、やっぱり俺たち、車で待っているわ」

逃げるように車に引き返した二人。Sさんは心霊マニアのAくんと二人で廃墟に挑むことになった。森を抜けて活魚の前にたどり着くと、思ったより小さな建物で、中に入れないよう柵で覆われていた。

「これ、どこから入ればいいのかな？」

Aくんと Sさんは、誰かがこじ開けたような進入口を発見した。「ここから入ればいいよね」二人はそのルートから廃墟に進入した。雑然とした室内、壁のあちこちに落書きが見える。様々な品物が散乱し、多くの侵入者の痕跡を見ることができた。

「意外とたいしたことないなぁ」

「二階に行ってみるか」

二階に上がってみると、思ったより室内の状態は良く、壁には昭和時代の古いポスターが貼られており、ベッドやドアも営業していた当時の面影を残していた。少しテンションが上がってきたSさんは、ベッドをひっくり返したり、次から次へと二階の各部屋を回っていった。

「よし、次の部屋に行くぞ」

Sさんは、最初のうちはAくんに声をかけながら進んでいたが、だんだんとテンションが高くなってくると、夢中になって次から次へと部屋のドアを開けていった。

「あのさぁ……」

ふと振り返るとAくんの姿がなかった。闇夜にぽっかりと浮かぶSさんが持つ懐中電灯の明かり。

（なんだ？　あいつ先に降りちゃったのかな？）

そんなふうに考えながらも二階の探索を続けた。さほど変わったこともなく探索は終わり、彼は一階に降りてきた。

（どうせ一階で待っているんだろう）

そう思いながら一階を探したが、Aくんの姿は無い。Sさんの懐中電灯の明かりが闇夜に寂しく揺れている。

（廃墟に俺一人かよ！）

そう思うと急に怖くなってきた。どうにかこうにか入ってきたルートを見つけだして外に出た。その瞬間、

ガシャーン！

活魚の建物の中から、何かを引き倒すような音がした。

（やっ、やばい！）

転がるように活魚の敷地外に出たSさんは、森の中の道を彷徨《さまよ》いながら歩き、ようやく車を停めた場所にたどり着いた。

「えっ、なんで？」

そこには車が停まっていなかった。Sさんは、たった一人闇の中に取り残されてしまった。ぼう然としながらもその場に十分ぐらい立ち尽くしていると、車が戻ってきた。

「お前、車に乗ってなかったのか?」

車を運転していた友人が素頓狂《すっとんきょう》な声を上げた。身を固くするSさん。

「いや、俺一人で廃墟にとり残されてたんだけど……」

一緒に廃墟の中まで侵入したAくんの話によると、二階を探索中、Sさんからこんなことを話しかけられたという。

「もう帰ろう」

そう言われて、二人で活魚の外に出て車が停まっている場所まで戻ってきたと言うのだ。しかも、車内で待っていた二人も、AくんとSさんが談笑しながら森を抜けて車に歩いてきたのを確かに目撃したという。そして、車にAさんとSさんが乗り込んだので車を発進させたと言うのだ。しかし、いつもは饒舌《じょうぜつ》なSさんが全くしゃべらない。疲れているのかなと思った運転手は、ふとバックミラーを確認した。

「いない」

さっきまで座っていたはずのSさんの姿が消えていた。隣で居眠りをしていたAくんをたたき起こし、車の中をくまなく探したがどこにもいない。とりあえず車を停車した場所に戻ろうということになり、引き返したところ、ばったりSさんと遭遇したと言う。

一足先にAくんと森を歩いて車に乗ったSさんの姿をした者は、何者だったのだろうか？　ドッペルゲンガーなのか、廃墟に住んでいる幽霊のいたずらだったのか、今もってわからないという。

十三　寝ながら会話する男

Nさんと筆者は二十年来の付き合いである。まだ、筆者がオカルト研究家として無名だった頃から、その友情は続いている。彼女は類まれなる霊感の持ち主であり、不可解な現象を数多く体験している。

四十代の彼女は、現在千葉県内の某所に住んでいる。ボーイフレンドと同居しているのだが、そのボーイフレンドの周りで奇妙なことが起こるという。彼は自分には霊感などないと主張しているが、どうも霊を引き寄せる性質を持っているらしく、たびたび奇妙な現象を引き起こしてしまうそうだ。最初、Nさんが異変に気がついたのは昨年（二〇一七年）の夏であった。夜中に女の声が聞こえた。就寝中のNさんは目を覚ましてしまった。

（おかしい、女の声がする）

室内のどこかから女の声が聞こえてくる。しかし、何を言っているのかはっきりは聞き取ることができない。

「×□○×□○×□△」

やはり、小さな声で女がぶつぶつと言っている。だが、あまりに小さい声で何と言っているのかわからない。部屋の中のどこからか聞こえてくる。

「×□×□○○△△」

Nさんは、その声が同居しているボーイフレンドの周囲から聞こえてくることに気がついた。

「わかった。うん、そうだね」

驚くべきことに、ボーイフレンドは寝言でその女の声と会話していた。

「○○×□×□△△」

「そうなんだ」

女の声と寝言で会話を続けるボーイフレンド。あまりに不気味な光景を見て、目をそらすようにしてNさんは布団をかぶって寝てしまった。翌朝、ボーイフレンドに
「誰と会話していたの？」

と問い詰めてみたが、

「いったい何の話？」

ボーイフレンドは全く覚えていなかったという。その数ヶ月後の二〇一七年冬、また奇妙なことが起こった。深夜、Nさんが眠っていると、また不気味な声が聞こえた。今にも消え入りそうな女のか細い声だ。

「悔しい、悔しい」

悲痛な女の声が聞こえてくる。薄暗く静まり返った室内、起き上がったNさんは周囲の様子を注意深く伺った。

「悔しい、悔しい」

女の悲しげな声は繰り返し聞こえてくる。

（どこから聞こえてくるんだろう）

よく耳をすますと、その声が聞こえてくる場所がわかった。それは――ボーイフレンドの鼻の穴だった。ボーイフレンドが大きく息を吸い込んで、鼻の穴から息を吐くのと同時に女の声が聞こえる。

「悔しい、悔しい」

何度聞いてもそのように聞こえた。鼻息が女の声に聞こえたのだ。

十四　キツネ目の女

霊感の強いNさんは、以前船橋市内の某所に住んでいた。その地域は古い町並みが残るエリアであり、歴史のある神社もいくつか鎮座していた。ある日、近所にあった某神社の近くを通りかかった。

（あの神社、不気味なんだよね）

なんとなくNさんはその神社が好きではなかった。一見、ごく普通の神社ではあるが、彼女はそこに異様な気配を感じていたのだ。ある日、用事に向かうためにその神社の前を歩いていた。すると前から歩いてきた女性と目があった。古臭い昭和風の服装を身につけたその女性は、キツネのような細い目をしていた。年齢がいくつなのか全くわからない。

（嫌な感じの女性だな。あまり関わりたくないなぁ）

そう思いながらNさんがすれ違おうとすると、その目の細い女は突然罵声を浴びせかけてきた。

「×□△△○△！」

突然の出来事で何を言われたのか覚えていないが、罵詈雑言を浴びせられ、面食らったNさんもすかさず反論した。

「ちょっと？　なんなの突然！」

そう言いながらも、頭の中にある言葉が浮かんだ。

（この人に絡んではいけない。第一、彼女は人ではない。この女と絡んではいけない）

という直感がNさんの頭を横切ったのだ。その瞬間、恐怖でNさんは腰が抜けたようになり、その場にへたりこんでしまった。へたり込んだ姿を見てキツネ目の女は高笑いをした。

「ひゃひゃひゃひゃひゃ！」

Nさんはへたりこんだ反動で思わず下を向いてしまったが、女の高笑いを聞いて首を上げた。時間にしてわずか一秒程度だったが……。キツネ目の女はそこにいなかった。周囲には昼間とあって多くの人がいたが、Nさんとキツネ目の女の口論など誰も聞いていないようであった。

「……えっ？」

いつもと同じ、ごく普通の日常がそこにあった。

「私、あの瞬間、違う時空に行っていたのかもしれません」

Nさんはそうつぶやいた。

十五　青いドレス

霊感の強いNさんは、かつて津田沼市内の飲食店で働いていた。ホステスとして働いていたのだが、ある日奇妙なものを目撃してしまった。その日は、お客さんも少なく早めに上がったNさんであったが、駅に向かう途中、突然、携帯電話に店長からの連絡が入った。

「Nちゃん、戻ってきてくれない？　今さぁ、十人組のお客さんが入っちゃったんだよ」

突然の団体客の来店で店長はパニくっていた。

「はい、わかりました」

すぐさま店に引き返したNさん。控え室で着替えてホールに向かうと、青いドレスを着た女性がトイレに入っていくのを見かけた。

（あれっ？　この子は誰？）

そう思いながら席についたNさん。しかし、いつまでたっても青いドレスを着た女性はホールに帰ってこない。不審に思った彼女が仲間たちにこう聞いた。

「青いドレスを着ていた女の子、まだ来ないね」

すると仲間のホステスたちは笑いながらこう答えた。

「何を言っているの、青いドレスを着た子なんか今日はいないよ」

納得のいかない答えであったが、Nさんはそのまま接客を続けた。

（あの青いドレスの女の子、一体何者だったんだろう？）

その後しばらくして、Nさんは八千代市にある同じ系列店に配置換えとなった。すると、そこで興味深い話を聞くことができた。その店でナンバーワンだったB子ちゃんが突如こんなことを言い始めた。

「青いドレスの女の話知ってる？」

津田沼店でそれらしき人物を見たことがあったNさんは、ぎくりとしながらも受け答えをした。

「青いドレスの女？」

「そうなんだ。うちらの系列店で青いドレスの女が出ると、その店は潰れるって話があるそうだよ。私もこの店で見ちゃったんだよ」

無表情で淡々と話を続けるB子ちゃんの顔を見ながら、Nさんの心は漠然とした不安感に支配された。

（えっ？　この店も危ないじゃん！）

その後、津田沼店は閉店し、八千代店も閉店した。

（あの噂は本当だったんだ。気味の悪い話だよなぁ）

その後も青いドレスを着た女は各店舗に現れ、合計四店舗もあったそのグループの店は全て閉店してしまった。どうやら青いドレスの女を見た人物も不幸になるらしく、Nさんはその後夫との離婚に追い込まれた。B子ちゃんも悪いホストに捕まってしまい、蓄えていた貯金も全てを奪い取られてしまった。

青いドレスの女、それは不幸の前兆が形となったものなのかもしれない。

十六　ターミナルの幽霊

Mさんは、大学卒業後に就職した運送会社に長く勤めている。当初は四国支店に勤務していたが、数年経って地元の千葉県に戻ってくることができた。運送会社の労働は激務を極めた。若手社員の頃は、集荷されてきた荷物を各地方へ振り分けるターミナルの仕事を担当していた。その時期に何度か奇妙な体験をしているそうだ。現在では機械によって、荷物に書かれている仕分け番号ごとに自動的に仕分けられるのだが、Mさんがターミナルに勤務していた頃は、手動で荷物を各方面に分別していた。流れてくる荷物を見ながら、その荷物に書かれている仕分け番号を見て適切なカートに振り分ける。これが何時間も続くわけだ。精神的な疲労が極限まで達する厳しい仕事であった。いつものように流れてくる荷物をにらみながら、モニター越しに荷物を分類していると、誰かがやってきた。Mさんの視界の隅に人間の足が見えている。

（なんだろう。早く話しかければいいのに）

そう思っているが、なかなかその人物は話しかけてこない。しかも、何故か裸足だ。

（えっ？　裸足……靴を履いていない……）

思わずぞっとして、その人物のほうに視線を向けた。

「えっ？」

——そこには誰もいなかった
不思議に思って他の従業員に話してみると、何人かが同じように裸足の人物に出会ったと語った。

（この人物は、いったい何が言いたかったのだろうか？）

結局、その裸足の人物が何者かわからないまま、ターミナルの勤務を終えた。Mさんはその後、茜浜にある倉庫の勤務に回された。その倉庫には常日頃から不気味なムードが漂っており、何者かが息を潜めてこちらの様子をうかがっているような気配がしていた。

（やだなあ。あまりここに一人で残りたくないんだが……）

その日は遅番で一人遅くまで倉庫に残っていた。

「屋上につながるドアが開けっ放しです。帰るとき閉めといてください」

早番だった社員はそう言い残して先に退社した。時間はすでに二十二時、作業員や運転手たちも帰り、だだっ広い倉庫に一人ぼっちのMさん。

（あぁ、やだなあ。屋上までドアを閉めに行かないと……）

憂鬱《ゆううつ》な気分になりながらも、鉄製の階段を上って屋上まで行くと、屋上につながる鉄のドアを閉めようとした。すると、突如ものすごい音が聞こえた。

たんたんたんたんたんたんたん！

何者かが鉄製の階段をものすごい勢いで駆け上がってくる。

「なっ、なんだ!?」

泥棒なのか？　それとも幽霊なのか？　恐怖に駆られたMさんは思わず屋上に逃げ出してしまった。

「ハア、ハア、ハア、ハア……」

息がはずみ呼吸を整えることができない。激しい心臓の鼓動を感じた。しかし、いつまでも屋上にいるわけにはいかない。

（このままでは、霊になめられちゃうよな）

意を決したMさんは、呼吸を整え気持ちを引き締めると、「わーわーわー!!」と大声で叫びながら階段を駆け下りた。

——しかし、階段の下には誰もいなかった。

結局、倉庫に出た幽霊らしき者の正体もわからないままであった。

十七　お墓を移転しました

筆者は昭和四十一年、徳島県徳島市に生まれた。当時の日本は高度経済成長期であり、地方都市の徳島市も随分と賑やかであった。筆者が高校一年の時、父親の仕事の関係で千葉県まで引っ越すことになった。しかしながら、高校は簡単に転校できない。筆者は二年間下宿して県内の城南高校に通った。その後、筆者は大学に合格し関東に引っ越した。こうして家族全員が関東で生活するようになった。当初は千葉と徳島に二軒の持ち家があり、両親は四国と関東を行ったり来たりしながら暮らしていた。

しかし、七十歳を越えた時点で、両親は交通の便が良く良質な病院が多い関東に定住することを決断した。こうして、徳島の実家が売り払われることになった。

「おじいちゃんとおばあちゃんのお墓も、こっちに持ってくるか？」

そんな話題が父親から出るようになった。お墓参りのたびに徳島に帰るのが億劫《おっくう》だったので、徳島で亡くなった祖父母の墓が千葉の市川市の霊園に移された。

（大丈夫かな、生粋の大阪人だったおじいちゃんは、関東に抵抗があるはずなんだけど……）

筆者には一抹の不安があった。間家は大阪で数百年続く町人学者の家柄である。大阪生まれ大阪育ちの祖父の場合、大阪文化圏に近い徳島で眠る事は容認しても、関東は嫌がるのではないかと思ったのだ。

墓を移転する日、両親や兄弟が集まった。どこからか派遣された真言宗の僧侶がおぼつかない動きで印を結びながら読経を行っている。青空の下には、「感謝」という言葉が刻まれた現代的な墓石が鎮座していた。

すると奇妙な事実が判明した。父親の体調が悪いというのだ。

「えっ、偶然だね。僕も体調が悪いんだよ」

不思議なことに昨夜から筆者も体調が悪く全身に蕁麻疹《じんましん》が出ていた。すると、筆者の末弟の三男がこんなことを言った。

「本当に不思議だね。うちの長男も昨日から高熱が出て大変なんだよ」

なんとも不思議な話だが、父親は三兄妹の中の唯一の男であり長男であった。筆者は男ばかりの三人兄弟であり、長男であった。そして、筆者には子供がなく次男には女の子ばかりで、末弟には二人の息子がいる。なんと各世代の長男ばかりが体調不良になってしまったのだ。

おじいちゃん、かなり関東がお嫌いの様だ。

十八　マジシャン

Nさんは八千代市で「まぼろし堂」という駄菓子屋を営んでいる。敷地が大きい店で、八千代市中からお客さんが集まってくる。プロレスや演奏会など様々のイベントをやっている、なかなか攻めている駄菓子屋だ。そんなNさんのもとに数年前、不思議な男がやってきた。共通の友人が紹介してくれた「てっちゃん」という男で、当時はまだ二十代だったという。

「俺はプロのマジシャンなんです」

猫ひろしのような佇まいのその男はそう宣言した。だが、プロといってもほとんど仕事がもらえず、自分でプロのマジシャンと名乗っているだけだった。

「俺はどんどん仕事がしたいので、Nさん、ぜひ仕事を紹介してください」

「あぁ、わかったよ」

こうしてNさんとてっちゃんの付き合いが始まった。当初、Nさんは彼を怪しい男だと思っていた。とにかく動きが怪しいのだ。しかも、言葉の滑舌が悪く、言っていることがよくわからない。

（こいつ変な奴だな）

その疑問は、彼の告白によって明確に証明された。

「俺、実は自閉症だったんです。いじめられていたんですけど、学校で手品をやったら人気者になれたんです。だから、子供たちの笑顔が見たくてマジシャンになったんです」

「そうか、わかったよ」

それ以来、Nさんは彼とより一層仲良くなった。そんな彼がある日、自分の霊視能力についてカミングアウトした。

「Nさん、俺は霊が見えるんです。子供の頃からずっと」

「……霊が見える？」

Nさんは正直言うと、彼のいうことをあまり信じていなかった。よく話題の中心になりたい人が「霊が見える」と嘘ぶくことがある。彼もその類だと思ったのだ。冷やかし気分でこんなことを聞いてみた。

「うちの敷地の中のどこに幽霊がいるの？」

すると、彼は無表情で敷地内の塀に向かって指を指した。

「あそこに子供の霊が立っていますよ」

その瞬間、Nさんはゾッとした。一見、何も見えないが、塀の向こうには墓地が広がっていたからだ。

（こいつ、本物かもしれない！）

彼はあちこちで幽霊が見えるらしく、そのため幽霊に対しては全く恐怖を感じず、むしろ人間の方が怖いと思っているらしい。

「俺の夢は座敷わらしにマジックを見せて笑ってもらうことです」

彼は日ごろからそう言っている。ある時、Nさんは奇妙なことに気がついた。彼が店に来ると平日だろうと休日だろうと、なぜかお客が殺到する。

（なぜだろう？　あいつが来ると、いつもお客がどこからともなく集まってくる）

試しにあまり集客が期待できない地元のイベントに、彼を参加させてみたところ、やはりどこからともなく客が集まってきて、そのイベントが大入りになった。最近、Nさんはこう思っている。
（本当はてっちゃんが、座敷わらしなんじゃないだろうか？）

十九　アパートの隣人

八千代市で「まぼろし堂」という駄菓子屋を経営しているNさんは、現在は四十代半ばの温厚な経営者だが、十代の頃は長い髪の毛を金色に染めてバンド活動に明け暮れていた。

「家を出たいなぁ」

当時所属していたバンドは、高校時代の仲間で結成したものであり、他のメンバーの実家が船橋駅の周辺にあったため、高根木戸駅の近くにアパートを借りることにした。そのアパートは仲間同士で遊んだり、曲作りに励んだりするための創作拠点であった。

「ここ、いいよね」

「ここに決めないか！」

メンバー四人が全員一致で決めた物件が、高根木戸駅から歩いて数分の場所にあったアパートだ。古ぼけたアパートは、各部屋共通の入り口が設置されており、廊下の突き当たりに借りた一室があった。

「やっぱり、角部屋はいいなぁ」

その一室は二部屋で構成されており、一つの部屋は仲間とゲームをしたり雑魚寝をしたりする居間にして、もう一つの部屋は曲作り用として使うことにした。

「俺たちの城の出来上がりだ」

まるで毎日が修学旅行だった。みんなで音楽を語り合ったりテレビを見たりして日々を過ごしていた。しかし、仲間とワイワイ騒いだりすると、その声がうるさいらしく、アパートの隣人から抗議のノックが壁の向こうから聞こえた。コンコン、コンコン。

「あっ、やべえ、静かにしないと」

慌てて声をひそめるメンバーたち。ライブの時は過激な音楽を演奏しているバンドメンバーであったが、隣人とのトラブルはなるべく避けるようにしていた。

楽しい時間が毎日のように過ぎていった。しかし、興奮してしまうと、つい夜中でもバカ笑いをしてしまう。コンコン、コンコン。夜中にうるさくすると、すかさず抗議のノックが鳴った。

「やばい、みんな静かにしろ」

メンバー同士がお互いの顔を見合わせている。声を潜めてこんな会話をした。

「それにしても、隣の人って、いつも夜中にノックするよね」

「ホストでもやってんじゃないのか。だから帰りが遅いんだよ」

メンバーはそれぞれアルバイトをしており、夜中には一室から誰もいなくなることもあった。さすがに、アパートで一人ぼっちになるとNさんは少々不安になり、バンドメンバー以外の友人を呼んで、ゲームに興じることで寂しさを紛らわしていた。

(俺、この部屋で一人になるのは、なんだか嫌なんだよね)

そんな気持ちを持っていたが、メンバーには話さなかった。楽しい時間を過ごしているのに、メンバーの気持ちを害するのは忍びなかったからである。


アパートを借りて何週間か経った。いくら親しい仲間といえども一緒に共同生活をしていると、生活習慣の違いで多少のトラブルは起こった。

「俺こういうのダメなんだよ。ちゃんと直してよ」

そう言ってメンバーのMがコタツの布団を丁寧に直した。

「あっ。ごめん、ごめん」

Nさんは頭をかいた。

「これからは、こたつから出る時は、ちゃんとこたつ布団を直してくれよ」

こたつに入った状態から外に出て行くと、こたつの布団がめくれ上がっていることがある。潔癖症のMはそれが嫌で仕方なかったのだ。

(こいつ、ずいぶんと神経質だな)

そんなふうにNさんは思った。


仲間との楽しい日々は続いたが、できるだけNさんは一人になることを避けていた。ある日、仲間がこんなことを言った。

「今日さぁ、俺バイト休みだから、アパートに帰ってくるわ」

「あっ、ほんと、じゃぁ俺も帰るわ」

しかし、Nさんがアパートに帰ってくるとバンドメンバーは誰もいなかった。真っ暗な空間にこたつと楽器だけが浮かび上がる。その夜、他のメンバー全員が急遽《きゅうきょ》バイトに入ることになったのだ。

（おいおい、まじかよ）

一人ぼっちの空間に耐えきれなくなったNさんは、メンバー以外の友人二人を呼んで食事に行くことにした。すると、数分で友人たちは駆けつけてくれた。

「おおっ、すまないね」

Nさんは来てくれた二人の友人にお茶を入れて一服した後、三人で食事に行くため廊下に出た。ドアを閉めて鍵を施錠した後、不可解なことが起こった。ガチャガチャ。触れてないのにドアノブがくるくると回った。どうやら内側から誰かがドアノブを回しているらしい。

「あっ、悪りい、悪りい。まだ中にいたのか」

友人の一人がまだ部屋の中にいると思ったNさんが、そう言ってドアを開けると、

……誰もいない。

思わず固まるNさん。

「何やってんだよ。俺たちここにいるぜ」

振り返ると二人の友人は既に廊下に出ている。

「そっ、そんなバカな？」

ドアノブを持つ自分の腕がかすかに震えた。しかも！　目の前に見えているこたつの布団が、めくれ上がっている。

「ええっ⁉」

Nさんはこたつ布団に目が釘付けになった。

（これはおかしいぞ、絶対におかしい）

神経質なMのこともあり、Nさんはこたつから出る時は確実に布団を直していた。ついさっきも布団は直したはずである。しかし、布団はまるでさっきまで誰かがこたつに入っていたかのようにめくれている。その日は朝までアパートには帰らなかった。


それからしばらくして、メンバー全員がたまたま部屋に揃った夜があった。いつものようにバカ騒ぎに興じていると、トントン、トントン。

またしてもノックが聞こえた。

「やべえ、みんな静かにしろ」

しかし、妙な点があった。それは隣部屋との境界線であるいつもの壁からではなかった。日頃は曲作りなどで使っている部屋からノックが聞こえたのだ。メンバーが全員この部屋にいるはずだ。

「おかしいぞ、誰もいないはずなのに？」

全員で恐る恐る曲作りの部屋を覗いた。雑然と置かれた楽器や楽譜があるのみで誰もいなかった。

薄暗い静まり返った空間。全員が無言になった。

「一応押し入れを確認してみるか、誰かが隠れているのかもしれない」

その部屋には二つの押し入れがあった。下の段は他のメンバーが使っており、上の段はMが使う予定であったが、まだ、自宅から荷物を持ってきていないMは荷物を全く置いてなかった。

「あれっ、これはなんだ？」

神経質なMが、押し入れの上の段の真ん中に置いてあったコンビニの袋をつまみ上げた。少し重みがある。明らかに何かが入っている。

「俺、確かにここを掃除したはずなのに……誰だよ、こんなゴミを置いたのは？」

Mが眉毛を吊りあげて怒っている。残りのメンバー全員が首を振った。

「俺たち、こんなゴミ置いてないよ」

なんとも不気味なコンビニ袋。しかし、開ける気がしなかったメンバーは、袋をそのまま放置すると居間に戻って雑魚寝した。

翌朝、全員で恐る恐るそのビニールを開けてみたところ、アイスクリームの空きカップと人形の足が一本入っていた。

「これ、気持ちわりいな」

「なんで、人形の足が入っているんだ？」

「こんな気持ち悪いもの捨てちゃえよ」

メンバー全員でそのコンビニ袋をゴミ箱に押し込んだ。


数日後、アパートの便所が壊れてしまった。古いタイプの便所でかなり老朽化していたため、汚物が流せなくなってしまったのだ。

「どうにかしてくれないと困るよ」

「勘弁してくれよ。トイレ行けないじゃん」

メンバー全員が交代交代で管理会社にクレームの電話を入れた。管理会社はさすがにたまりかねて、これを機会にアパート中の便所を全て修理することになった。便所が壊れたということもあって、Nさんは八千代市にある実家に帰って入浴や休養をしていた。するとバンドメンバーの一人から突然電話がかかってきた。

「おい、大変なことが起こってしまった。早くアパートまで来てくれ！」

メンバーが悲壮な声で訴えてくる。これはただごとではないと思ったNさんは、バイクを飛ばして高根木戸にあるアパートに向かった。


アパートに到着すると、その周辺は騒然としていた。救急車が一台、パトカーが四台も止まっている。Nさんは（メンバーの誰かが薬物でもやったのではないか？）と心配した。（薬には手を出さない。メンバー全員で約束したじゃないか！）

そう考えながら、野次馬の群れをかき分けてアパートの中に入ろうとした。すると、いかにも刑事といったガタイの良い背広姿の男が、Nさんの前に立ち塞がった。

「おい、ここから入るな」

強い口調で進行を阻止された。Nさんはその態度に少々気分を害しながらこう反論した。

「俺、ここの住民なんです。だから通してください」

感じの悪い刑事は、しぶしぶNさんを部屋の中に入れた。入ってみると、メンバー全員が警察官から事情を聞かれている。

「君たち、隣の住民と交流はなかったの？」

「俺たち夜中に騒いでいたから、よく壁をノックされてクレームを受けていました」

Nさんも含め、全員がそう答えた。

「それ、いつぐらいの話なんですか？」

「二ヶ月くらい前ですよ」

すると警察官の顔色が変わった。

「そんなはずはない……」

「大家さんに聞いてくださいよ。入居したのは二ヶ月前からです」

すると警察官は首を傾げている。なんとなく妙な空気が流れた。警察官が重たい口を開いた。

「発見された遺体、死後半年は経っているんですがね……」

「ええっ!?　隣の人、死んでいたんですか？」

Nさんが素頓狂な声を上げた。どうやら便所の修理をするために隣の部屋に入った業者が遺体を発見し、このような大騒動になったらしい。多くの警察関係者が出入りしている隣室を、Nさんは恐る恐る覗いてみた。部屋の奥にビニールシートに包まれた遺体らしきものがある。

「これはなんだ?」

部屋中にゴミが入ったコンビニ袋が無数に置かれて、かすかに腐ったような匂いが漂ってくる。入り口の近くには赤ちゃんの人形があった。その赤ちゃんの人形には片足がなかった。

「これって…」

背中に冷水を浴びせられたような恐怖を感じたNさん。恐怖のあまり、その場にへたりこんでしまいそうになった。何回も聞いた壁をノックする音。押し入れにいつの間にか入っていた人形の足が入ったビニール袋。全てが繋がった。

(俺たちに見つけて欲しかったのかな。便所が壊れたのも見つけてもらいたい死者の気持ちがそうさせたのか?)

なんとも言えない気持ちになり、Nさんがアパートの外に出たとき、あの感じが悪かった刑事がにこやかな笑顔で声をかけてきた。

「ありがとうな」

その瞬間、Nさんは理解した。今の「ありがとう」は死んだ隣人からのメッセージであったことを理解したのだ。Nさんたちがそのアパートをすぐさま契約解除したのは言うまでもない。

二十　動物の魂

Mさんが通っていた某公立高校の校内には焼却炉があり、隣には動物の慰霊碑があった。

「なんか不気味だよね」

「なんとなく気味が悪いよね」

よく生徒たちは、そんな話をしていた。

この慰霊碑は、理科の解剖実験により命を落としたメダカやカエルのお墓で、その魂を慰めるものであった。解剖後の小テストで満点をとれなかった生徒は、命をかけて授業の犠牲になってくれた動物たちに懺悔《ざんげ》し、何度も小テストを受けたものだった。

部活の夏合宿のとき、体育館裏手に見えるその慰霊碑付近に、無数の光がふわふわと漂う様子を多数の生徒が目撃していた。

「あれ、なんだろう」

「まさか死んだ動物の魂じゃないのかなあ」

生徒たちは震えながら囁《ささや》きあった。Mさんは大きい光がひとつ、小さい光が二つ、ふわふわと浮いているのを目撃した。「あ、いるな」とMさんが思った瞬間、その光はふっと消えた。今から二十年前の話であり、その後の慰霊碑がどうなったかはわからない。

二十一　走り去った少女

Yさんは、以前テーマパーク内の深夜警備のアルバイトを行っていた。警備員はパーク内全ての扉を開施錠出来るマスターキーを所持しており、それを紛失するとテーマパーク全体の鍵を全て交換しなければならない。また、警備員が携帯するラジオ無線機は警察も傍受できるため、その緊張感たるや並大抵のものではなかった。

Yさんはアルバイトの新人研修時に奇妙な体験をしている。その日、先輩キャストがトレーナーとして随伴して勤務を開始した。

「がんばります。よろしくお願いします」

Yさんは、若干緊張して研修に挑んだ。

最初の業務は、パーク内のクロージングであった。クロージングとは、一ルート二名で各エリアに残留した来場者が居ない事を確認して回る警備活動である。異常がない場合は、無線で「クリア」と宣言するのがマニュアルで決められていた。そんな折、クリアしたはずのエリア内で、Yさんの背後を少女が走り去った。

「んっ、今のは……」

少女は真冬なのに短いスカートを履いていた。

「おかしい……」

Yさんは、来たルートを戻り少女の探索を開始した。

(一体どこに行ったんだろう?)

少女を発見出来ず困惑したYさんは、無線で先輩トレーナーに相談した。

「今、女の子が走り去りました。どうしましょうか」

動転するYさんを他所《よそ》に先輩トレーナーは目撃現場に向かって、手を合わせた。

「……」

黙って手を合わせる先輩トレーナー。

「何やってるんですか?」

困惑したYさんに向かって先輩トレーナーがこんなことを言った。

「僕も前に見たよ。ここでは、みんな見るんだよ」

「えっ、どういうことですか。追わなくていいんですか？」

「いいんだよ」

先輩トレーナーは、まるで昼間のお客様に手を振るように少女が走り去った方角に向かって、ゆっくりと手を振った。まるで、生きているお客様を見送るように、静かに、にこやかに手を振った……。


その後、数名の清掃業者がテーマパークに入ってきたが、取り残された少女の報告は上がらなかった。

二十二　群れる人々

現在は、フィギュアの造形師として活動しているYさんは、平成二十五年のお盆の時期、千葉県の印西市にある某巨大ホームセンターに社員として勤務していた。このホームセンターは画材関連用品の品ぞろえが豊富で、造形師の勉強も兼ねて、ここで働いていたのだ。日々、作業が遅くまで続き、毎日深夜十二時近くに帰路についていた。自宅は茨城県にあったので、印西市からは一時間ほどで到着する。

「あぁ、疲れたなぁ、今日もそろそろ上がるか」

仕事を終えたYさんは、同僚に挨拶をすると、バイクにまたがり帰路を急いだ。県道を通らず、農道のような道を通った。田んぼの脇の道は、アスファルトで舗装されているものの、車やバイクの姿は全く見えなかった。誰もいない真夜中の田舎道にカエルや虫の音が響いていた。

「えっ？」

Yさんは我が目を疑った。自分がバイクで走っている道の前方に大勢の人の姿が見えたからだ。しかも、全員が白い服を着ている。中には着物のような服を着ている人もいた。さらに不思議な事は、こんな夜中に歩いているのに誰も懐中電灯を持っていないのだ。心なしか、老人が多かったような気がした。

（あの人たち、こんな夜中になにをやってんだろう？）

ライトに照らされた前方の道を、直角に横切るように四、五十人ほどがぞろぞろと横断している。ライトの光で明らかに顔も判別できたが、無表情で無言のまま、ぞろぞろと林のほうに歩いている。

（道を開けてくれよな）

そう心に願いながらYさんは減速した。徐行で少しずつ走っていくと、その行列の手前に来た時、信じられないことが起こった。ササッ、ササッ、大勢の人たちがまるでホログラムのように動いた。一斉にすべるように動いて道を開けたのだ。その瞬間、Yさんの背筋に悪寒が走った。

（あの動き、生きている人間ではない！）

そう思うとアクセルを握る手のひらに、かすかに汗を感じた。思わずエンジンをふかすYさん。

（バックミラーを見てはいけない！　絶対に止まってはいけない！）

Yさんは必死にハンドルを握ると、その中を爆走して走り抜けた。

後日、その場所に一度だけ行ってみたが、そこには横断するような道はなく、単なる田んぼのあぜ道だけが広がっていた。

二十三　電気がビリビリ

千葉県の某テーマパークで、夜間警備の仕事についていたYさん。新人研修が終わって数ヶ月が経ち、仕事にもだいぶ慣れてきていた。親しい仲間もできて、仕事が面白くなってきた時期だった。

ある日、不思議な体験をした。その日はとにかく空気が違った。

（なんかおかしいな）

仕事をはじめてからそんな感覚がしていた。いつもと同じ空間なのに、いつもと同じ風景なのに何かが違う。

（おかしい。どのエリアもそうだ）

いつもと同じように担当エリアを順番にチェックしていく。どのエリアを回ってもなんとも言えない違和感が体にまとわりつく。

「なんだか電気みたいだ」

肌で感じる電気のような感覚、肌の上を空中に漂う電気がピリピリと刺激する。

(原因がなんだかわからない)

不可解な気持ちを抱えたまま、控え室に戻ってきたところ、同僚たちも同じような話をしている。

「なんか今夜は変な雰囲気だよね」

「俺も感じた。いつも回っているコースなのに何かが違うんだ」

同僚たちはお互いに顔を見合わせ、しきりに首をかしげた。控え室の隅で一人タバコを吸っていたベテランの警備員が口を開いた。

「今日はお盆だからな」

毎年お盆の時期は空気が変わるのだという。お盆の時期が終わると、テーマパーク内はいつもの空気に戻った。

二十四　異常あり！

千葉県内のテーマパークでYさんと一緒に働いていたF君は、その後ライターとなり成功している。筆者のイベントや出版物も手伝ってくれたことがある心強い後輩だ。

「怪談の聞き取り調査の時、偶然Y君にあったんですか、日本は狭いですね」

F君は不思議そうな顔をして笑った。彼も同じように夜間警備のアルバイト中に奇妙な体験をしている。


ある夜の出来事、各エリアを各担当者が無線を手に巡回していた。F君もいつものように順番に担当エリアを巡回していた。すると無線機が突然鳴り響いた。

「〇〇エリア、木の上に人がいるだけで、異常なし」

（木の上に人？）

夜間警備に出ていた全員がその場に立ち尽くした。

（異常なし、じゃないだろう⁉）

全員がそう思った。しかし、無線で報告してしまったために無視はできない。全員で園内を捜索することになった。だが一向に木の上にいるという人物は発見できなかった。

「とにかく、絶対に探し出すんだ」

上司の命令により、くまなくテーマパーク中のあらゆる場所が探索された。しかし、どうしても人物は発見できない。

「君、ほんとに見たのかね？」

「いや、ひょっとしたら僕にしか見えなかったのかもしれません」

このテーマパークには、特定の職員や警備員にしか見えないお客様が度々現れる。

二十五　トラブルの理由

Ｆ君は、千葉県内の某テーマパークで警備員として働いていた時、他にも何度か奇妙な体験をしている。

子供向けの遊具が設置されている場所で事故が続いた。

「おかしいなぁ、なんでここばっかり事故が続くんだろう？」

「ほんとにおかしいね」

テーマパークの職員たちの間では、そんな話がささやかれていた。とにかく、遊具に危険性があるわけでもなく、大勢の人が殺到するわけでもなく、地味な遊具なのに何故か事故が頻発していた。

そのうち遊具そのものを作り直すことになり、撤去して新しい遊具を設置するために地面が掘り起こされた。重機を操っていた作業員が軽く悲鳴を上げた。

「うわっ、気持ちわりぃ！」

遊具の真下あたりから、古い人骨が出てきたのだ。このテーマパークの敷地は外からも ち込まれた土砂で埋め戻されていた。その土砂の中に人骨が混じっていたのだ。この人骨が自分を見つけて欲しくて事故を起こしただろうか？　人骨は丁重に供養され、新しい遊具は無事に設置された。

その後、その遊具による事故はなくなった。

二十六　不謹慎な友人

筆者の高校時代からの友人であるT君は、妖怪や幽霊を全く信じない。それはそれで構わないのだが、神社や仏閣に対してもあまり敬意を払わない。

「こんなもの拝んだって、効果ないよ」

T君はいつもそんなふうに冷めた物言いをする。そんな人物だが、なぜだか高校時代から妙に気が合い、関東や東北の史跡や聖地を共に車で巡っていた時期があった。

今から二十数年前、真夜中にT君と一緒に市川市の「八幡の薮知らず」を訪ねたことがある。鬱蒼《うっそう》と生い茂った木々が敷地からはみ出ている。夜《よる》の帳《とばり》もすっかり降りてしまい、異様なオーラに包まれていた。

「将門公ゆかりの史跡で将門の影武者が埋まっているとも、将門の本陣の死門に当たるとも言われているよ」

筆者がそう説明すると、T君はニヤリと笑って伝説を否定した。

「馬鹿な話だ。だから誰も中に入らないのか。入ると、どうなるんだ？」

「不吉なことが起こると言われているよ。だから八幡の薮知らずは禁足地なんだよ」

筆者の言葉が終わるか終わらないかのうちに、T君は薮知らずの周囲に張り巡らされた石柱の柵を乗り越えて、中に侵入してしまった。

「おい、やめろ！　頼むからやめてくれ！」

必死に止める筆者を余所に、薮知らずの中を自由に歩き始めた。バキバキ！　あろうことか、彼は薮知らずの敷地の中に生えている御神木を足でへし折り始めた。

「おい、やめろって！」

筆者がヒステリックになって制止するのを無視して、T君は御神木を五、六本ほど足でへし折った。しばらくすると気が晴れたのか、彼は薮知らずの中から出てきた。

「何があっても知らないぞ」

筆者の言葉にニヤリと笑ったT君の顔は、少し歪んだように見えた。

それから数日後、T君の祖父が死去した。

二十七　ダルマ神社異聞、遭遇

「ダルマ神社」は船橋市を代表する心霊スポットだ。筆者はあまり気が進まないが、一年に一回はテレビや雑誌の取材のために行っている。

「山口さんの地元でしょう。案内してくださいよ」

そう言われて、何度テレビ関係者や編集者を現地に連れて行ったことか。筆者は、かみさんから「ダルマ神社のコーディネーター」と呼ばれているぐらいだ。

ダルマ神社との出会いは平成十四年にさかのぼる。当時地元の「船橋ケーブルテレビ」とタイアップして、夏場だけ「山口敏太郎の心霊ツアー」という番組を放送していた。当時は、かみさんと筆者の友人と霊能者のあーりんさんを連れて、県民の森の近くにあると言われていたダルマ神社の捜索を行った。地元の噂以外手がかりがほとんどなく、あてもなく捜索は続いた。

「どこにあるんでしょうか、山口さん」

深夜の二時近くになり、テレビクルーやスタッフの疲労も限界にまで達していた。偶然、県民の森の横にあった神社へ足を踏み入れた時、その社にダルマが祀られていることを発見した。

「社にダルマが祀られている。ここがダルマ神社だ」

この年の探索は、ここまでで終了した。

翌年の平成十五年、再び船橋ケーブルテレビで「山口敏太郎の心霊ツアー」が放送されることになり、再度ダルマ神社へのアタックが試みられた。

「今年はダルマ神社の奥にある井戸を捜索しよう」

誰かがそう言ったため、ダルマ神社の奥に広がっている道を詳しく探索した。その道は水路で途切れていた。結局、詳しく探索しても井戸は見つからなかった。これが長い長いダルマ神社と山口敏太郎の関わり合いの始まりであった。

二十八　ダルマと学生狩り

平成十五年のダルマ神社探索の時には、不可解なことが起きている。うちのかみさんが奇妙な声を聞いたのだ。彼女の霊聴現象の始まりでもあった。

探索中に、五、六台のパトカーが一斉にやってきて、ダルマ神社を取り囲んだことがあった。

「君たち、こんな時間に何をやっているんだね？」

警察官はテレビクルーや筆者に質問をした。警察官の表情は険しく、森の中で怪しく光るパトカーのサイレンが異様な雰囲気を強調していた。

「あ、いや、県民の森のキャンプの取材が遅くなりまして、どうもすいません」

テレビクルーの機転を効かせた発言により、警察官は一応納得した。帰りのロケバスの

中で筆者はスタッフと話し込んでいた

「深夜に撮影しているからといって、民家も近くにないし、こんな森の奥までパトカー五台で来るなんて、千葉県警も暇なのかな」

「全く不可解ですよ。神社の周りを包囲して、まるで凶悪犯でもいるような厳重な警備体制じゃないですか」

筆者とスタッフはそんなバカ話に興じていた。するとカメラマンが思い出したように大声を上げた。

「わかった。わかりましたよ！」

「何がわかったの？」

筆者の問いにカメラマンは、千葉県警の過剰な反応の理由を教えてくれた。

「実は、最近学生狩りがありまして、殺された学生の死体がダルマ神社の鳥居の付近に放置されていたことがあったんですよ」

「本当ですか？　あの場所、かなりやばいじゃないですか！」

すると同時にかみさんも顔色を変えた。

「私がロケバスを降りた時、足元がぬかっていて滑りそうになったの。そしたら背後から男の人の声で『大丈夫?』って聞かれた」

ロケバスに乗っていた全員が黙り込んでしまった。かみさんが声を聞いた場所は、まさしく学生の死体が放置されていた場所だったからだ。

「殺された学生さん、いいやつだったのかもね」

ロケバスは深夜の森を抜けて、街のほうに走っていった。

二十九　怪異を聴くと怪異を召喚する

造形師のYさんはかなりのオカルトマニアである。筆者が出演している専門チャンネル「ファミリー劇場」で放送されている「緊急検証シリーズ」も毎回見てくれているという。

十八年前、当時は茨城県の龍ヶ崎市に住んでいたYさんは、千葉県の松戸市の企業に勤めており、毎日車で通っていた。

「お疲れ様」

そう言って同僚たちに別れを告げて車に乗り込むと、いつものカセットテープをカーステレオに差し込んだ。帰りのドライブは、稲川淳二の鉄板の怪談で楽しむのが日課であった。特に好きなのが大ネタの「生き人形」であった。

(この話、好きなんだよね)

何度も聞いてストーリーもわかっているのだが、稲川淳二の「生き人形」は繰り返し聞いてもそのたびに背筋がぞっとなる。カセットテープに吹き込まれた話がクライマックスにさしかかり、車はちょうど千葉県と茨城県の県境に差し掛かっていた。話が生き人形の顔が変わったと言うくだりになった時、不可解なことが発生した。

ガサッ。

なにか重い荷物を置いたような音がした。

(んっ、なんだ？)

そう思った瞬間、車内に爆発音がこだました。バァーン！

(車内で爆発が起こったのか⁉)

慌てて車を停めて車内を点検したが、何も爆発するようなものはなかった。特に、車内に異常は無い。それ以来、Yさんは帰りの車で生き人形を聞くことをやめた。

稲川淳二の「生き人形」を収録したカセットテープ。このカセットテープは曰く付きの商品であり、聞いた者はかなり高い確率で怪異に見舞われると言われている。

怪異を聞けば怪異を招くのだ。

三十　ダルマ神社コーディネーター

その後、筆者の体験は様々な書籍に記され、多くの人々に読まれるようになった。地元限定で噂されるだけのマニアックな心霊スポットが、全国的なメジャー心霊スポットになってしまった。ある意味自業自得なのだが、毎年行きたくはなくとも、メディア関連のスタッフを引き連れてダルマ神社に行く事になってしまった。

「山口さんが本に書いたダルマ神社に案内してくださいよ」

毎年夏になると、そんなお願いが多くの編集者やテレビスタッフから寄せられた。東京から近いうえ、地元に筆者のような専門家がいるので、メディアとしては使いやすい心霊スポットになってしまった。

「すっかり、ダルマ神社コーディネーターだよなぁ」

筆者は自嘲気味にスタッフやかみさんにつぶやいた。もはや、ダルマ神社に取り憑かれていたといってても過言ではない。


様々なタレントをダルマ神社に連れて行ったことがある。中でも「E-girls」が印象的であった。その頃、E-girlsのメンバーはデビューしたばかりで、あまり知名度が高くはなく、筆者もEXILEの妹分グループとは、ずいぶん後になるまで気がつかなかった。メンバーたちとは、

「こんな気持ち悪いところに来て、山口さん平気なんですか?」

「しょっちゅう来ているからね」

そんな会話をした記憶がある。

鳥居みゆきさんが出演するウェブテレビの番組で、霊能者などを何人か連れてダルマ神社まで撮影に行ったこともある。鳥居さんは現場には来なかったが、取材中は周囲が白い霧のようなものに囲まれ、ずいぶんと気味の悪い思いをした。また、境内では御神木にウンモ星人のマークが何者かによって描かれていた。

「心霊スポットに宇宙人のマークか⁉　もはやカオスだな」

この取材時に撮影された写真には、まるで悪魔のような横顔が映り込んでいた。

最も嫌な思いをしたのは、文化放送「レコメン」の企画で、芸人のオテンキのりさんと行った現地からの生中継である。文化放送のスタジオには、春香クリスティーンさんがおり、現地との二元中継であった。この時は女の声が聞こえた。

「何か変な声が聞こえませんか？」

のりさんが不安げに筆者に囁《ささや》いた。確かに中継用のイヤホンから、スタジオの春香さんの声とは違う声が聞こえてくる。

「ほんとですね。のりさん」

筆者の耳にも確かに聞こえている。どうも女の声のようだ。

「女が泣いているような声ですよ」

のりさんは完全にびびっていた。ラジオを聞いていた視聴者の中にも、女の声に気がついた人物が一部いたようだ。

「中継の音声の中に女の声が混入しています」

同行していたスタッフが、震える声で筆者とのりさんに叫んだ。

「これはまずいですね。撤退しましょう」

中継を終えて、ダルマ神社から命からがら撤退した筆者とのりさん。もう二度と境内には行く気にはならなかった。千葉から生放送で霊の声が、文化放送の番組内で流れた瞬間であった。

三十一　ダルマ神社、死の痕跡

その後も筆者とダルマ神社の関係は、ズルズルと続いた。

「腐れ縁みたいなもんだよね」

いつも筆者はそうぼやいていた。ある時などは、現場に行ってみたものの、社の中にはなぜか猿の覆面が置かれていた。

「志月かなで」や「藍上」など、事務所の若い女性スタッフたちを連れて「ニコニコ生放送」の中継のために行った時の話だったと記憶している。

「この猿の面はなんだ？」

筆者の指摘に全員が黙り込んでしまった。猿の面が社の真ん中に恭《うやうや》しく鎮座していた。

ダルマが祀られていることでダルマ神社と言う名前がついたのだが、肝心のダルマは早い段階で何者かによって持ち去られていた。

「この猿の面に何か念がこもるようにしているのかな」

何とも言えない不気味な雰囲気が現場に漂っていた。

昼間にライター見習いの学生の希望で訪問したこともある。この時は、社の手前にある作業小屋に侵入者の遺留物が残っていた。

「なんだこれ……」

そう言いながら筆者はカメラを回した。

薬と人生に行き詰まった人が読む本がそこにあった。

「山口さん、これやばいですよね」

「薬を飲んだ後、この本を読んでいた人はどこにいったんだ？」

何とも言えない憂鬱《ゆううつ》な気分になった。筆者は学生ライターを連れて鳥居のあたりに移動した。そこでカメラを回した際、動画に奇妙なものが映り込んだ。

「今のはなんだ？」

事務所に帰った後、動画をスタッフと確認している時に気がついた。

「先生、何かが移動しています」

誰もいない森の中の神社の参道を黒い物体が、すーっと横に移動した。カラスなどではない。人間のように大きな物体が音もなく移動している。

「おかしいなぁ。あの場所には誰もいなかったのに……」

撮影時、学生ライターは筆者の真横にいた。当然、境内には誰もおらず、森の中にも人や動物はいなかった。

「昼間に行っても変なことが起こるなぁ」

すっかり嫌な気分になった筆者であるが、また今年も誰かにせがまれてあの神社に行くことになるのであろうか。憂鬱だ。

三十二　首なし塚

鳥居みゆきさんが出演していたウェブ番組は、当時流行っていた「フォースカインド」という宇宙人による人間の拉致を描いたフェイクドキュメントと連動したものであった。

「この映画は派手に宣伝したいんです。もう二箇所ぐらい心霊スポットにいけませんかね」

ダルマ神社に行くだけで、いい加減嫌な気分になっていた。正直行きたくなかった。

「はぁー、では、八幡の薮知らずと首なし塚にしますか」

「首なし塚……いい名前ですね。そのコースにしましょう」

スタッフは小躍りした。

「首なし塚」とは筆者が付けたネーミングであるが、この場所は以前から目をつけていた。

船橋市に合併されたエリアであり、とある村の外れに該当した。この場所では村の規則を破った者が首をはねられたと伝えられており、ごく限られた地元の人間しか知らない心霊スポットであった。このスポットには名前がなかったので、筆者は仮に「首なし塚」と呼んでいた。

以前、夜中に車で首なし塚まで移動し、ウォーキングをしてみたことがある。だが、歩いていると背後を何者かにつけられて、嫌な汗をかいたことがあった。

「オカルトダイエットとして本にしてみようか」

筆者の酔狂な発言に社員たちは呆れ返った。

「先生、夜中の十二時に心霊スポットでウォーキングとは、正気の沙汰ではないですよ⁉」

「あぁ、すまない。今後はそんな無茶はしないよ」

それから数日後の撮影当日。千葉県出身のスピリチュアルアイドル・疋田紗也さんと、彼女の所属事務所のD社長も取材クルーに加わっていた。

「すごい女性の念が感じられます」

疋田さんが土地に残る残留思念を読み取り始めた。彼女は霊感が強く、土地に残る怨念や人間にまとわりついているオーラを見ることができるのだ。筆者と社長は、やや撮影ク

ルーとは離れて立っていたと記憶している。ちょうど撮影が終盤に差し掛かった時、

「ええっ……」

筆者と社長は、ほぼ同時に歩みを止めた。筆者の目には信じられないものが映った。上半身だけの白いヒトガタが動いた。

真っ白に発光した上半身だけの白いヒトガタが体を硬直させ、猛スピードですべるように移動した。しばし沈黙が続いた後、

「今のなんですかね？　社長」

「山口さんがわからないことは、僕にはわかりませんよ」

社長も筆者も不思議そうな顔をして首をかしげた。残念ながら、この時は別角度の撮影をしており、カメラはこの物体を撮影することができなかった。

「人間の力ではないな。なめらかにスムーズに真横に移動した」

その日は不可解な気持ちになり、一晩中眠れなかった。


それからしばらくして、社内のプロモーションビデオを撮影するために、首なし塚の真横に建つ神社に行った時、珍しいものを発見した。

「珍しいなぁ、藁蛇だ」

神社の御神木にまとわりつくような感じで藁蛇が巻きついていた。その蛇の目は確実に首なし塚を捉えていた。

「結界だったのか！」

筆者は全てがわかったような気がした。村外れに封印されたもの、藁蛇が威嚇していたもの、筆者とD社長が見たものは「封印されたもの」そのものだったのだ。

三十三　引きずり女

都市伝説で「引きずり女」という話がある。学校でいじめにあっていた女の子がある日、トラックに轢かれて亡くなってしまう。その後、その死んだ女の子が現代妖怪の「引きずり女」となって、いじめっ子を次々に襲い復讐するというストーリーだ。この妖怪の恐ろしいところは、ターゲットにした人物の足を持って引きずりまわし、肉の塊になるまで引きずり続けるという点だ。

都市伝説の妖怪というものは、基本創作上のキャラクターである。だから実際に目撃される事はほとんど無い。しかし、架空のキャラクターを見たと主張する人はたまに存在する。前話で紹介した、筆者と親しいスピリチュアルアイドルの疋田紗也さんは、学生時代に八千代駅のホームで飛び跳ねる「まっくろくろすけ」を目撃したと証言している。本来「まっくろくろすけ」はスタジオジブリが創作した架空のキャラクターである。しかし、霊感の強いものが見れば架空の存在であっても、似たような存在を目撃することが可能なのかもしれない。

かつて、筆者は事務所の女子社員たちと、「引きずり女」とおぼしき不可解な存在を目撃したことがある。

その日はイベントか何かの後だったと記憶している。筆者は、かみさんと女子社員三人を車に乗せて、それぞれの自宅まで送っていくことにした。車内では、いろいろおしゃべりが飛び交い、和やかな雰囲気であった。助手席にはかみさん、後部座席には三人の女子社員が座っていた。

「おいおい、静かにしてくれよ」

女性が集まると、どうしても賑やかになる。筆者は苦笑いしながらハンドルを握っていた。船橋市北部を走っている時、不可解な物体を筆者は目撃した。

「あれはなんだ⁉」

思わず筆者はつぶやいた。車の左前方に女がいた。髪を振り乱した女は、道路の上で何かを引きずっている。重いものだろうか、両手を伸ばし懸命に引っ張っている。

「……やばいな」

車は女を避けるとそのまま進行した。筆者は唖然として言葉を失った。

「今の女はなんだろう？」

「人を引きずっていたんじゃない？」

女子社員たちが騒いでいる。車内はちょっとしたパニックになった。

「引きずり女じゃない？」

後部座席に座っていた女子社員たちのうち二人が、その不気味な女を目撃していた。

「確認しよう」

筆者は車をUターンさせて現場に戻った。仕事柄このような現象に当たった場合、確認しないと気がすまない。

「やめてぇえ！」

後部座席の真ん中に座っており、女を目撃しなかった女子社員が泣き始めた。

「うえっ、えっ、えっ」

しかし、すでに車はUターンしており、もう一度「怪しい女」がいた現場に戻っていた。

この間かかった時間は、わずか三十秒程度だ。

「おかしい。誰もいないぞ」

周囲を見渡す筆者。

「社長、よく調べてください。この辺に女がいるはずです」

車内は怖がって泣く声と、目撃した様子を口々に叫ぶ声で騒々しい。

結局、筆者や二人の女子社員が目撃した「怪しい女」の正体はわからなかった。

「あのようなものを、引きずり女と呼ぶんだろうなぁ」

筆者はそう思った。その後、「引きずり女」を目撃した二人の女子社員は、事務所と揉めて退社した。見なかった社員は、今も事務所に残って活躍している。その社員とは、「十四代目トイレの花子さん」である。

魔物を見てしまった二人は、心を魔物に支配されてしまったのであろうか。

三十四　高根公団のシャドーマン、シャドーキャット

筆者は二十年以上、文筆活動を行っている。常に連載を七本から八本抱えており、毎年五冊から八冊程度の単行本を執筆する。すでに著作は百七十冊を超えているが、スケジュールは過酷を極め、肉体の疲労が限界まで達することも多い。最近は、あまり無茶はしないが、三十代、四十代のころは三日ほど徹夜をすることがあった。それだけ徹夜すると、さすがに幻覚のようなものを見る。

新高根の事務所で執筆をしている時、徹夜が続いて疲労がたまったので、コンビニに甘いものでも買いに行こうと、かみさんと一緒に、夜中ぶらぶらと高根公団駅前に向かって歩いていた。我々夫婦の十メートルほど先を、疲れ切った会社員風の男が歩いていた。後ろから見ても明らかに疲れている様子が伺えた。よれよれの紺色の背広は背中がめくれ上

がっており、履きつぶした古い皮靴を引きずるように歩いている。

（随分と疲れているサラリーマンだな）

既に脱サラして作家として事務所を開業していた筆者は、その悲壮な背中に昔の自分を重ねてしまい、軽い同情を感じた。すると不思議なことが起こった。我々夫婦と会社員が歩いている道と垂直に交わる側道の左側に奇妙なモノが現れた。

（あれはなんだ！）

筆者は思わずその姿に釘付けとなった。真っ黒なヒトガタが側道に立っていた。明らかに人間のような姿をしているが、目鼻や洋服がはっきりと見えない。

「あれ見える？」

思わず足を止めて、筆者は隣を歩いていたかみさんに声をかけた。

「あれって？」

「あの左の側道に立っているやつ」

「見えないよ。いないよね」

かみさんは戸惑いを隠せない。しかし、筆者の目には明らかにその黒いヒトガタが見えている。しかも、その黒いヒトガタは大きく股を開いてゆっくりと歩き始めた。昔見た映画「ピンクパンサー」に出てくるキャラクターのように、ゆっくりと抜き足差し足で歩いている。

「ほら、歩いているじゃん」

筆者は思わず声を上げた。その黒いヒトガタは街灯の下を通り抜け、会社員の背後に回り込みと、その背中に覆い被さるようにした。

(何をするつもりだ?)

筆者の不安をよそに、その黒いヒトガタは、すーっと会社員の体の中に同化していった。

(あのサラリーマンの体の中に入ってしまった⁉)

筆者は自分が見た光景が信じられなかった。まるで都市伝説で語られるシャドーマンが目の前に現れたような気がしたからだ。

「今日は帰ろう」

その日は結局、コンビニで買い物をせず早々と引き返した気がする。

それから一年ほど経って、全く同じ場所で少し違う物体を見たことがある。その日もかみさんと一緒にコンビニへ夜食か何かを買い出しに行っていたような記憶がある。

（そういえば、ここで以前シャドーマンを見たことがあったな）

そんなことを考えていた筆者の目の前に、またあの左の側道から黒い物体が飛び出してきた。

（猫だ。黒い猫じゃないか）

筆者の数メートル前を黒い猫が横切った。

「あの猫、なんだ？」

筆者が指をさしたが、またしてもかみさんには見えなかったらしい。

「どういうことだ？　また、この場所か」

動揺する筆者の目の前から、その黒い影の猫は、すーっと消えてしまった。その日も買い物に行く気が失せてしまった事は言うまでもない。

「だめだ。徹夜のしすぎだ。もう寝るよ」

そう言って筆者は事務所に帰って爆睡してしまった。健康のために、徹夜はほどほどにするべきである。

三十五　亡魂削《ぼうこんざく》と軍馬の揺れ

以前、船橋市内で発行されていた「まいライフまいタウン」というタウン誌上に、老人から聞いた古い伝承話を掲載していた。様々な話を書いたが、中にはとてもじゃないが書くことができない話もあった。

古和釜十字路の近くにあった某コンビニの駐車場に設置されていたお稲荷さんの話は印象的だった。昭和初期、お稲荷さんの近くの家に住むおばあさんがまだ少女であった頃、そのお稲荷さんの力を使ってこっくりさんをやっていたとか、千葉県を地盤とする、ある有名な政治家の先祖が、幕末の頃に幕府軍の金を横領して古木の根元に埋めて、明治になってから掘り返して資産家になり、最終的に子孫が政治家にのし上がったとか、掲載を見合わせた伝承話の方が面白かったような気がする。

その中でも印象的だったのは、東葉高速線の船橋日大前駅の近くにある学校にまつわる話だ。そこに身内が通っていた人の話によると、その学校には馬の幽霊が現れるという怪談が残されていた。

部活動や文化祭の準備で、夜遅くまで生徒が学校に残っていると、廊下から奇妙な音が聞こえる。コッツン、コッツン、コッツン、何かが音を立てて歩いている。恐る恐る廊下を見ていると、馬が廊下を歩いているのだ。怯える生徒たちの目の前を悠然と歩いた後、馬は姿を消してしまうという。

実を言うと、戦時中この学校の付近には軍馬を育成する機関があり、多くの軍馬がここで飼育されていたというのだ。その馬たちの魂が、今もさまよっているのであろうか。その学校の近くには、ものすごい急勾配の坂道がある。ここはかつて谷であった。その谷の底辺のあたりに一本の木があった。

「あそこは地元では、戦前まで亡魂削と呼ばれていたんだ」そんな話を地元の老人から聞いた。周囲に数多く存在した軍事関連の施設から脱走した新兵が谷の底まで逃げ出し、追っ手に絶望し、その木で首を括って自殺したという。しかし、新兵の無念の気持ちが残っているらしく、毎晩谷の底には亡魂の火が灯り、谷の底から這い上がる姿を見ることができた。人はそれゆえにこの谷を「亡霊削」と呼んだという。

三十六　ずぶ濡れの女の子

うちの事務所に前世が滝沢馬琴だと自称する人物がいる。（以下、『馬琴』）。筆者がプロデュースするオカルトニュースサイト「ＡＴＬＡＳ」でライターをやっているのだが、風変わりな男だ。まだライターとしてデビューして一年程度の駆け出しで、ライター業だけでは食べていけないため、数々のアルバイトを兼任している。馬琴は二十年ほど昔、松戸市で新聞配達のアルバイトをしていた。

馬琴が勤務していた新聞配達店は、印刷所から新聞が回送される時間が早く、深夜に仕分け作業に入り、夜中の二時には配達がはじまった。馬琴の担当エリアは住宅街であり、その日は横殴りの雨が降り注いでいた。

「こんな日は、早く新聞を配り終えて店に帰りたいなぁ」

憂鬱な気分で新聞を配り続ける馬琴。順調に配達が進み、とあるマンションに到着した。

（これであらかた目処《めど》がついたぞ）

マンションの新聞配達の方法は二通りだ。エントランスに入り、入り口横の部屋の番号が振られた郵便受けに新聞を入れておく方法と、エントランスに入った後、そのまま共有の入り口を通過し、各部屋のドアについた新聞受けに投函していく方法がある。

そのマンションは前者の方であった。降りしきる深夜の雨をかき分けるようにエントランスに入った馬琴。

「もう一息だ」

エントランス内は静まりかえっている。目の前には暗証番号を入れないと開扉しない入り口があり、入り口の横には部屋ごとの郵便受けがずらりと並んでいる。自分が配達している新聞を契約している部屋の番号を確かめながら、新聞を丁寧に入れていく。その時、背後で音がした。グイーン。エントランスの自動ドアが開いた。雨音が大きく聞こえた。

誰かがスタスタと入ってきた。

「えっ……こんなに遅く？」

肩越しに人の姿が見えた。全身ずぶ濡れの人、女の子だ。

花柄の洋服に身を包み、頭から雨水を垂らしながら歩いていく。年の頃はおそらく七、八歳、かわいらしい足取りで歩いていく

（親御さんと一緒かな……）

そう思ったが一向に保護者が入ってこない。冷たい汗が背筋を伝った。

（まっ、まさか……）

ゆっくりと振り返ると、そこには……、誰もいなかった。肩越しに女の子の姿を確認してから、時間にして数秒間。暗証番号が必要な入り口が開いた様子はない。いや、そもそも入り口が開いた場合、音が出るはずだ。またエントランスから再び外に出たのか、だとしたらエントランスの自動ドアの開く音が聞こえるはずだ。

「こっ、これは……」

馬琴は思わず息を飲んだ。エントランスの外からかわいらしい足跡が続き、暗証番号付きの入り口の前で消えていた。

その日は転がるように逃げ帰った馬琴であったが、後日その界隈に住む老人から聞いた話によると、数年前、近所にある池で小学校低学年の女の子が水死したという。もちろん、

水死した女の子が、そのマンションの住民だったかどうかまでは分からなかった。ずぶ濡れの女の子は今夜もさまよっているのだろうか？

三十七　半裸の美女幽霊

ライターの前世・滝沢馬琴はバイトが終わったあと、よくバイクで心霊スポットを訪問する。原稿のネタを探すためでもあるが、半分は趣味である。

「でも一箇所だけ、残念な心霊スポットもありましたよ」

馬琴は照れ笑いを浮かべながら、こんな話をしてくれた。


中高年の千葉県民の間では有名な話である。千葉県野田市と埼玉県を結ぶ交通の要所に金野井大橋という橋がある。江戸川を横断するこの橋は心霊スポットとして知られていた。

今から四十年ほど前、この橋で下着姿の女性の幽霊が目撃されている。橋を通りがかった車の運転手が、下着姿で深刻な雰囲気を漂わせて水面を見つめる女性を見かけた。

「危ないな、川に飛び込むのでは……」

車を停めた運転手は、橋の下や土手を捜索したが、女性の姿はかき消すように消えていた。通報を受けた警察も付近を捜索したが、二本の卒塔婆とブラジャーしか発見できなかった。当時、この金野井大橋の半裸の幽霊は有名になり、見物人が大勢押しかけ、屋台が出るほどであった。また、実は全裸だという説もあった。馬琴はアルバイトが終わった後、この場所に駆けつけた。大橋を歩き回ってみたが、あまり何かを感じることはなかった。だが、土手に降りた時、明らかに空気が変わった。ズンと体が重くなり、両肩を上から抑えられたような重力を感じた。

「いっ、いやな場所だな」

さらに土手の調査を進めようとしたが、足が動かない。足が泥にとられたように動かないのだ。

(この場所には長くいてはいけない)

馬琴はそう思い、必死の思いで写真を数枚撮影すると、その場を後にした。

後日、撮影した写真を見て馬琴はしばしば言葉を失った。

「これはいったい……」

写真には空間そのものが歪み、赤く燃え上がる火災現場のようになった土手が写り込んでいた。太平洋戦争当時、金野井大橋の付近は空襲の業火に焼かれたことがあるのだ。

三十八　催眠と宇宙人

筆者のような仕事をしていると、不思議な体験を遭遇することが多い。当然、幽霊や妖怪がらみの不気味なことがある一方、意外にも宇宙人がらみで、ぞっとする怪談じみた体験をしてしまうことがある。

筆者の友人で「近藤ひかる」という人物がいる。サラリーマン時代に部下だった男で、歳は筆者の一つ下になる。会社を辞めた後、彼は催眠・ヒプノセラピーの勉強を始め、今ではいっぱしの催眠療法士になっており、ネグレクト（虐待）や家庭内暴力によって傷ついた人々の心のケアを行っている

「じゃぁさ、宇宙人にさらわれて記憶が欠落している人の記憶の再現を手伝ってよ」

「いいですけど、そんなことやったことないなぁ」

筆者の無茶ぶりに苦笑いを浮かべながら、彼は承諾してくれた。それは今から五年ほど前の話であった。

その頃、世の中では映画「フォースカインド」の影響により、宇宙人による人類拉致事件に関して関心が高まっていた。筆者も当然そのようなケースを何度か取材したことがあったが、正直100パーセント信じる気にはなれなかった。

「これは本当の話なんですよ」

それより以前、友人のUFO研究家・中津川昴が自らの体験を話してくれたことがあった。中津川はオーストラリア留学中、睡眠時に家屋の壁や屋根を通過して入ってきた宇宙人にさらわれたことがあると言う。

「奴ら昆虫みたいな姿をしているんです。ちょうどカマキリみたいな顔をしていました」

「かっ、カマキリ?」

筆者は素頓狂な声をあげてしまった。いくらなんでもカマキリのような宇宙人などは存在しまい。正直心の中ではそう思った。しかしながら、中津川の話によると卵のように狭い空間に各地からさらわれてきた子供たちが多数入っており、それぞれの適性にあった教育を施されていたと言う。

（そんなSF小説のような話があるものか）

そんな思いが強くなったのであった。そんな経験があったので、映画「フォースカインド」のウェブ番組において「宇宙人に拉致された人の記憶を戻す」と言う企画には、いまいち乗り切れないものがあった。

宇宙人研究家の竹本良の知り合いで、宇宙人に拉致された経験があるという中年のイギリス人男性が近藤ひかるの診療所に連れてこられた。

「この男性の記憶の一部が欠落しています。それを催眠によって復元しましょう」

そのイギリス人男性は日本在住歴が長く日本語を完全に理解できるので、日本語による催眠療法が可能であるらしく、近藤ひかるの催眠療法が始まった。

番組MCの鳥居みゆきと竹本良、筆者の三名は催眠ルームの横にあるリビングで待つことになった。

「ぐあーぐあー、ううう……」

失われた記憶の再現は困難を極めた。被験者であるイギリス人男性は催眠状態でかなり苦しんでいる。そのうち奇妙なことを言い始めた。

「昆虫のような顔をした宇宙人、カマキリに似ている」

イギリス人男性が悶絶しながら宇宙人を描写した。隣のリビングに待機していたスタッフや鳥居みゆき、専門家たちの顔に緊張の色が走った。

「さらわれた人間が卵のようなカプセルに一人ずつ入れられている」

一同騒然となった。

「大丈夫なの？　あの男性」

鳥居みゆきがそう言ったことを覚えている。正直筆者も例えようのない恐怖を感じていた。なぜならば、全く面識のない中津川昴とイギリス人男性が同じような体験をしているからだ。

（カマキリのような宇宙人、卵のような小さい部屋に閉じ込められたさらわれた人類、ここまでディティールが一致するものか……）

何とも言えない不可解な気持ちが筆者の胸中に浮かび上がった。

一時間ほど経って、イギリス人男性は憔悴《しょうすい》しきった顔で催眠ルームから出てきた。会った時はフランクで感じのよかった男性は、魂が抜けたようになっており、付き添いの人々に抱きかかえられるようにして車に乗り込んで行った。
（カマキリに似た宇宙人、本当に実在するかもしれないなぁ）
筆者は霊とは違う種類の恐怖をまじまじと実感した。

三十九　宇宙人が呼んでいる

宇宙人がらみで不可解だと思った事は他にもある。いや不可解というか運命づけられていると言ったほうがいいかもしれない。筆者が二年前から行っている銚子の宇宙人・UFOを使った町おこしに関する話である。

時は平成二十七年十月二十五日にまで遡る。筆者の事務所に所属する女性シンガー・水木ノアから筆者にイベントの審査員の依頼があった。それが福島市で開催された「宇宙人コンテスト」である。審査委員長にUFO研究家の矢追純一氏を迎え、多くの観客や参加者を交えてなごやかにイベントは行われた。確かイベントが始まる直前だったと記憶している。一人の青年が筆者のもとにつかつかとやってきた。

「山口さん、千葉県銚子市で昭和三十年代に起こったUFO事件を調べてください」

出し抜けにそんなことを言われて、筆者は少々面食らってしまった。その青年は、埼玉からわざわざ宇宙人コンテストのためにやってきたボランティアスタッフであった。

「うん、まぁ考えておくよ」

なまくら返事をしたものの、正直あまり気乗りはしなかった。筆者が現在事務所を構えている船橋市は同じ千葉県ではあるが、銚子市とは距離が離れており、車でも二時間はかかる。当時体調もあまり良くなかったので、銚子事件の調査をする気分にはなれなかった。イベントは盛況のうちに終わり、筆者も千葉に帰ってから数ヶ月が経った。平成二十八年五月の出来事だったと記憶している。夕方五時に業務が終わり、筆者は自宅に向けて歩いていた。すると携帯電話が突然鳴った。

「兄貴に会いたい人がいるってよ」

下総中山で事務所の管理部を運営させている弟からの電話であった。ある人物が編集部と間違えて管理部に来てしまったらしく、その人物は筆者にどうしても町おこしをやってもらいたいと言っているようだ。

「わかったよ。十七時半に高根公団のサイゼリヤで待っていると伝えてよ。ところで、どこの街の人で、町おこしの内容は？」

すると弟が一言こういった。

「千葉県銚子市だよ。UFOで町おこしをやってもらいたいそうだ」

この時、運命と言うものを感じた。福島で会った青年とは全く関係のないルートからUFOの町おこしの依頼が来た。しかも、来ているのは銚子市の人たちだ。これを運命と言わずして何と言おうか。

（やるしかないな）

筆者が六十年前に起こった銚子事件の調査に乗り出した瞬間であった。この銚子でとんでもない結論を導くことになるのだが、それは本書の趣旨からずれるので別の機会にご紹介しよう。しかし、人間の運命と言うのは宇宙の意思や宇宙人の操作によって左右されているのであろうか？　何とも言えない巡り合わせとでも言うべきものを感じた。

四十　呼塚のシースルー幽霊

幽霊ライターの前世・滝沢馬琴は、パワースポット巡りや心霊スポット巡りを趣味としている。自慢のバイクを駆って関東各地を走り回っている。

金野井大橋でセクシーな幽霊に出会えなかった馬琴は、いつか会いたいと思っていた。

そんな馬琴は、ある時、心霊スポットとして有名な呼塚の交差点に行ってみた。時間は十九時位で、まださほど暗くはなっていなかった。

（あれ、あの子何をやっているんだろう？）

馬琴は自分の目を疑った。混雑する交差点を一人の女が歩いていく。信号待ちをする車の間を縫うように、若い女がうつろな表情で歩いていく。

（あれ、話しかけている）

女は囁くような声で、信号待ちをしている車のドライバーに話しかけている。車を運転しているドライバーは、女の姿も見えず声も聞こえないようであった。

（何かを探しているようだ）

バイクで信号待ちしていた馬琴は、彼女の悲しげな表情に胸が締め付けられるような気がした。

（あの若い女性の幽霊は、何かを探して呼塚の交差点の車に話しかけているんだなぁ）

馬琴は強烈に虚しい気持ちになったが、一つだけ嬉しいことがあったという。

「その女性の幽霊、服が透けて見えるシースルーだったんです」馬琴はにっこりと笑って一言そう言った。

四十一　幽霊を脅かす

動物研究家のMさんは、筆者と何度も仕事を一緒にしている友人である。動物に関する知識は幅広く、大変緻密な研究をされている。そんなMさんは、千葉県の房総半島に家を構えている。そこには多くの動物がいるのだが、なぜか毎年お盆時期の前後になると幽霊が出るそうだ。

「毎年、お盆の時期になると、幽霊が出るんだよね」Mさんは格別驚く様子もなく淡々とそう語ってくれた。この敷地はもともと湿地帯であり、器用な彼が自分で整地を行い、敷地に仕上げたものである。

「整地したとき、何か一緒に埋めちゃったのかもしれないね」

そう言ってMさんは笑いながら話を続けた。奥さんも同じものを見るらしく、夫婦で同じようなものを目撃していることが多い。奥さんが小さなヒトガタがウロウロしている様子を目撃して、「今、幽霊がいたわよ」とMさんに報告すると、事務所にいたMさんはこう答えた。

「子供の幽霊だろう」

二人は同じモノを見ていた。

ある時、奥さんが家の敷地の入り口にある門の隙間から、白い霊体らしきものが中をうかがっていることに気がついた。すかさず大声でこう言った。

「犬をけしかけるぞ‼」

すると、霊体はこそこそと逃げていってしまった。霊も犬が怖いようだ。

四十二　化け物になってしまった

身内の幽霊と言うものはあまり見たいものではない。しかし、筆者は何度かそのような経験がある。船橋の自宅を新築したばかりの頃、寝室で寝ていたとき突然目が覚めた。かすかに奇妙な気配を感じた。

（誰かに見られている）

そんなふうに感じた。ネガティブな視線で何者かがねっとりと自分を見ているような気がする。

（まさか……）

嫌な予感がして筆者は視線を天井に飛ばした。そこには……、化け物がいた！　体は上半身しかなく、半透明で腕をぶらぶらとさせている。顔は口がひん曲がり、目玉が飛び出ている。どうひいき目に見ても幽霊には見えない。

「妖怪……？」

筆者は思わずそうつぶやいてしまった。幻覚ならばすぐ消えるはずだと思い、三十秒ほど見つめたが、化け物は消えず天井に浮いている。

（化け物を横から見たらどうなるんだろう）

そう思った筆者は見る角度を変えてみた。部屋の端に寄ってみたり、部屋の入り口に寄ってみたり、角度を変えて観察をしたが明らかに立体的なものであり、見る角度によって見えるビジュアルが違った。

（明らかに立体のものが天井に浮いている！）

そう思った瞬間、その化け物が話しかけてきた。

「化け物になってしまった」

化け物は、筆者の心の中に直接訴えかけてきた。そして、その言葉と同時にその化け物が亡くなった親戚の叔父だということが理解できた。彼は極度のアルコール依存症であり、親戚の中でも鼻つまみものであった。

「化け物になってしまった」

そう言って、化け物になった叔父は、すーっと消えた。

四十三　紫のバス

Kさんは子供の頃から霊が見えていた。生まれつき見えていたので、最初は誰にでも見えるものだと思い込んでいた。

友達の家に遊びに行った時、おばあちゃんがいた。「こんにちは」と挨拶したのだが、友達が妙な顔をする。

「誰に挨拶したの？」

訝《いぶか》しむ友人におばあちゃんの話をしたところ、友人は驚いたような顔をしてこう答えた。

「おばあちゃんは、死んじゃったよ」

そのうち「お化けが見える」と証言すると、興味本位で友人に「見てくれ」と言われるため「見える！」とは言わなくなった。

彼女は十年ほど前から千葉県の房総にある某病院で働いている。人が生き死にする場所だけあって不可解な事はたまにある。

「あの部屋、幽霊が出るんだよね」

そう言って関係者が休む部屋にお札を五枚も貼っていた医者がいた。しかし、Kさんが見るかぎり部屋に幽霊がついているのではなく、その医者に幽霊がついていたのだ。

「お札を貼っても無駄なのに……」

彼女はそう思った。

また、こんなこともあった。ある時、あまり見たことがないおじいさんが病院の廊下で呆然としていた。そのおじいさんはKさんの方を見ながら、こんなふうに訊ねてきた。

「ここはいったいどこなんですか？」

昼間に緊急搬送されてきたおじいさんだった。自分が亡くなった事に気がついてないのだ。

人間が亡くなるときには、様々な現象が起こる。苦しんで亡くなった人の場合、足から魂が抜けるらしく、安らかに亡くなった人の場合は頭から（すっーと）抜けるという。また、人知を超えた存在がお迎えに来る場合もある。Kさんは美しい天女が迎えに来る臨終を見たことがある。

「そんなことが本当にあるんだ！」

彼女はそう思って言葉に詰まってしまった。二人の美しい天女が、きらびやかな衣装を身にまとい、荘厳な音楽に乗って死者を迎えに来たのだ。しかも、孔雀のような見たことも無いオレンジ色の鳥も一緒に迎えに来ていたという。その亡くなった方は、生前信仰心が強い人物であったそうだ。信仰心を持つことは、やはり大切なのかもしれない。

またこんなことがあった。

「紫のバスが迎えに来たのよ」

ある病室に入院していたおばあちゃんがそんな話を、Kさんにしてきた。

「紫のバスって、なんですか？」

その女性が話すところによると、夢の中に紫色のバスがやってきて「この車に乗るように」と促《うなが》された。しかし、いまいち納得がいかないおばあちゃんは、目が覚めた後、夢の中に出てきた紫のバスに乗る権利を、隣のベッドで寝ていた人物に譲った。すると隣のベッドの人物が突然亡くなってしまった。

「私はあのバスに乗らないわ」

そのおばあちゃんはそう言って豪快に笑った。彼女がちょうど紫のバスを見た頃、違う病院に入院していた夫が亡くなっていた。

（ひょっとしたら一緒にあの世に行きたくて、ご主人が奥さんを迎えに来たのかな？）

そのおばあちゃんは今も病院で生きている。女は逞《たくま》しい。

さいのかわら

四十四　かっぱVS妖怪大戦争

二〇一七年夏、「山口敏太郎の妖怪博物館」はお台場から撤退し、銚子市にあるカッパハウス二階に移転した。理由は簡単である。お台場のテナント料が高く、銚子はテナント料が安いからだ。

「山口さんの妖怪博物館が移転してきたので、休眠中だった『カッパハウス』も蘇りましたよ」

筆者の友人であり、カッパハウスを運営するIT企業の経営者・Tさんはニコニコと笑った。かつて世界で最も多いカッパグッズを展示していることで、カッパハウスは人気スポットになっていたが、運営者の高齢化により十年以上も閉鎖されていたのだ。それを民間企業として運営を引き受けたのがTさんの会社であった。

「でも、オープンの準備期間中に妙なことが一つだけあったんです」

「妙なことって？」

筆者は眉をひそめてTさんに質問した。

再オープンを前に、Tさんの会社の社員が長らく閉鎖されていたカッパハウスに入り、カッパグッズを整理していた。その時、不思議なことがあったという。

「これは一体どういうことだ？」

開店準備中のカッパハウスに入った社員は絶句した。棚に並べていた河童の小さな像が床に落ちてバラバラになっていたのだ。

「こんなところまで飛ぶはずがないのに」

バラバラになった河童の像は、棚から大きく離れてフロアの真ん中でバラバラになっていた。昨日帰った時は、ちゃんと棚に並んでいた。

「たとえ地震が起きても、こんなに遠くまで飛ぶわけがないのに……」

数名の社員以外はこの建物には入れないはずである。ましてや昨日は地震が起きていない。社員は得体の知れない不安に襲われた。

「不思議ですよね」

Tさんはうれしそうに話をした。筆者も思わずニヤリと笑いながらこう答えた。

「二階に妖怪が引っ越してきたので、一階の河童たちと戦争になったんでしょうかねえ」

するとTさんは思わず吹き出した。「これがほんとの妖怪大戦争ですね」

山口敏太郎の
千葉の怖い話

2018年8月1日　第1刷発行

著　　者　山口敏太郎
イラスト　増田よしはる
発 行 者　本田武市
発 行 所　TOブックス
〒150-0045 東京都渋谷区神泉町18-8
松濤ハイツ2F
電話 03-6452-5766（編集）　0120-933-772（営業フリーダイヤル）
FAX 050-3156-0508
ホームページ http://www.tobooks.jp
メール info@tobooks.jp

印刷・製本　中央精版印刷株式会社

ISBN978-4-86472-707-5　Printed in Japan